庫

天山の巫《み》女《こ》ソニン　江南外伝

海竜の子

菅野雪虫

講談社

目次

〜半島の地図〜

はじめに

一年中、暖かな風の吹く、海の国がありました。

強い太陽の日差しの下、まばゆい白や黄や緋色《ひいろ》の大輪の花が咲き乱れ、その花と見まごうばかりの羽を持つ鳥が飛び交い、甘い匂いのする果物が絶えず実をつけていました。一番暖かく雨の多い地方では、年に二回も、麦や米や芋が穫れました。

豊かな海から獲れるのは、魚や海藻だけではなく、美しい貝や珊瑚《さんご》や真珠《しんじゅ》といった高価な値がつくものもありました。

〈楽園〉と呼ばれる王宮に住む人々から、浜辺に住む漁師や農民や商人まで、老いも若きも小さな子どもも、みな集まって唄ったり踊ったりするのが大好きでした。

そんな南国の都から少し離れたところに、二つの岬が二本の腕のように海を囲んだ湾がありました。

これは、そんな湾で生まれ育った一人の少年のお話です。

一　海と少年

たおやかな長い腕が海を抱いているような、美しい形の湾がありました。遠浅の海は穏やかで、湖のように波は優しく、浜辺に打ち寄せていました。

その浜辺に立って沖を見ると、遠くに左右から突き出た岬の突端が小さく見えます。二つの腕から送り出されるように、船は外海や遠い港へと出ては帰ってきます。この湾は、船たちの家でした。

湾は南に向かって海に開き、朝は東の岬から日が昇り、夕方には西の岬に沈みました。そこへ流れこむ一本の川にそって、たくさんの家々が並び、毎朝開かれる市場は活気にあふれ、地元の人々だけでなく、遠い町や都からもたくさんの客や商人がやってきました。

また、そんな人々をあてこんで、朝食の粥《かゆ》や饅頭《まんじゅう》を売る店や屋台も多く、海の匂いと人の声と、薪の燃える煙と湯気とが混じり合い、この湾の朝は始まるのでした。

朝のにぎやかな時間が終わると、朝食をすませた子どもたちが学校へ向かいます。九歳から十二歳の子どもたちの通う教室からは、笑い声や真剣な声が響いていますが、十三歳から十五歳の子どもたちの教室では、ときどき先生の厳しい声が聞こえました。どうやら、勉強に退屈してきた子どもたちもいるようです。

正午になったことを知らせる鐘が鳴ると、小さな子どもたちはみな家に帰りますが、もう大人に近い子どもたちの中には、真っ直ぐ家には帰らず、気の合う仲間同士でぶらぶらとしている者もいました。そんな者たちの足は、たいてい市場へと向かいます。

市場が一番にぎわうのは朝と夕方ですが、昼もいくつか開いている店がありました。朝の売れ残りの焼いた魚や貝を安く売る店、魚のすり身を揚げている店。そんな店で買い食いをしながら、少年たちや少女たちは集まって昼の時間を過ごすのでした。

その集団の中に、ひときわ目立つ背の高い十五歳の少年がいました。

潮と日に焼けて赤みがかった髪の少年たちの中で、彼の髪は黒々としています。どういうわけか、人一倍海に入っても色があせない髪を持つ彼は、胸に銀の鎖を下げていました。

彼らの集団が、別な地区の少年たちとすれ違った瞬間、いつもの日課が始まりました。

「なんだよ、おまえ」

「やるか？」

今日も浜辺に場を移し、砂にまみれて殴り合いが始まります。黒いカラスのような髪の少年は、自分より年上や体格のいい少年にも、負けたことがありませんでした。

「クワン！」

巨漢の少年を殴り倒した長身の少年に、見ていた者たちの歓声があがりました。

「やったあ！」

「さすが、クワン。これで五十勝。負けなしだぜ」

肩で息をしつつも、クワンはほこらしげに砂だらけの拳《こぶし》を突き上げました。

「やっぱりクワンは、俺たちの王子だ！」

大騒ぎする少年たちの群れを、遠くから見る一人の小柄で痩せた少年がいました。彼は海辺で遊ぶことも群れることも嫌いでしたが、他に行くところもなく来ていました。

「ふん。何が王子だよ」

誰にも聞こえないような低い声で呟くと、セオは獣のように騒ぐ群れから離れ、一人で砂浜を歩いてゆきました。

十四歳のセオは、自分が生まれたこの村が大嫌いでした。

この湾で生まれた少年たちは、浜辺から二つの岬まで泳いでゆけるようになると一人前だと認められるのですが、セオは泳ぎが下手でした。海辺で生まれた少年たちにとって一番大事なのは泳げること、魚が釣れること、そして喧嘩《けんか》が強いことでしたが、それらは全部セオの苦手なものでした。

浜辺からすぐの自分の家が見えてきたところで、セオは足を止めました。

「姉さん、どうし……」

とセオが聞くより早く、家から出てきた二つ上のシアが囁《ささや》きました。

「父さん、帰ってるわ」

「飲んでる？」

「当たり前じゃない。行こう」

「うん」と言って、二人で寄り添うように歩き出したものの、セオとシアには、どこへ行くあてがあるわけでもありません。ただ父親がいる家には帰りたくなかっただけでした。

「さっきの勝負、どうなった？」

「ああ、勝ったよ」

「やっぱりね。クワンが負けるわけないと思った」

目を輝かせる姉に、「姉さんも王子さまに夢中かよ」と、セオは毒づきました。

「悪いの？」

「どこがいいんだ。あんな奴、体がデカくて喧嘩が強いだけの馬鹿じゃないか」

「そんなことないわよ。クワンはそこらの乱暴者とは違うわ」

「ちょっと顔がいいだけだろ」

「なんであんた、そんなにクワンを嫌うの？　あんなに強いのに、一度も小さな子や弱い子を苛めたことがないし、女の子には優しいし、ほんとに『王子』みたいだわ」

そりゃそうさ、とセオは思いました。このあたりでは知らぬ者のない「クワン王子」は何でも持っているのです。十五歳とは思えぬ体躯で、泳ぎも釣りも喧嘩も上等、この湾でもっとも裕福な真珠商の通称「貴公子」の甥っ子で、丘の上の大きなお屋敷に住んでいます。唯一欠けているものは、なぜか誰も父親の存在を知らないということだけでしたが、

（それがなんの落ち度になる？）

と、セオには思えました。セオにとって父親は、この世で一番消えてほしい存在でした。

セオは黙って姉から離れました。

「どこ行くのよ」

セオは答えませんでした。何もかも嫌だったのです。泳ぎや漁や力だけが全ての男たちも、そんな男たちに騒ぐ女たちも、この魚臭《くさ》い風景も。そして何より、何もできない、どこへも行けない自分が一番嫌でした。

今日も負け知らずのクワンは、なんの悩み事もなくご機嫌でした。

「みんな、西瓜《すいか》でも食おうぜ」

クワンは仲間の少年たちに声をかけました。そして海辺の小さな店に来ると、板の上に切り分けられた西瓜を指さして、「そこのを全部」と言うなり、ぽんと銀貨を投

げました。

「やったあ！」

どっと、少年たちが押し寄せて、板の上の西瓜はあっというまになくなりました。

「あれ、セオはどこだ？」

「ああ、いつのまにか消えたな」

「損したな、奴。こんな美味《うま》いのが食えたのに」

と言う少年たちを眺めながら、クワンは一番甘いところを一口かじると、まだ赤い部分が残っている西瓜を、ぽいと店の犬にやってしまいました。

店の傍《そば》には大きな蘇鉄《そてつ》の木があり、その下では三人の老人が、クワンの大盤ぶるまいを見ていました。そのうちの一人が白石を置きながら、苦々しく呟きました。

「やれやれ、いい気なもんだ。十五にもなって遊んでばかり。わしらが子どものころは、十《とお》になったら一人前に働いたもんだ。今だって、他の村じゃ十二になったら船に乗ってる」

すると、黒石を持った老人が、「あんた、そりゃ古い考えってもんだ」と、笑いながら一手打ちました。

「十五にもなった子が遊んでられるなんて幸せじゃないか。そうなるように、わしらは身を粉《こ》にして働いて、この湾を豊かにしてきたんだろ？」

「そうそう」と、二人の勝負を見ている老人も言いました。

「この湾は別格だ。まだまだ沙維《サイ》や巨山《コザン》に比べて学校に行く子が少ない江南《カンナム》で、女の子まで学校に通えるなんて、素晴らしいことじゃないか」

二人の友に諭されて、文句を言っていた老人はしぶしぶ認めました。

「わかってるよ。みんな〈海竜《かいりゅう》商会《しょうかい》〉さまさまだ。〈商会〉のおかげで海で亭主を亡くした女が食い詰めたり、子どもが売られたりすることもなくなった。それはいい。だけどいい年した男が、いつまでも子どもみたいに遊び呆《ほう》けてるのはどうなんだ。え？　飢えないのも学校へ行けるのも当たり前になって、感謝すらしない。それがいいことなのか？」

「まあまあ、あんたはすぐ熱くなる。ほら、こっちがお留守になってるよ」

「あ、ちょっと待った待った！」

「待ったなしだ」

そんな三人の老人たちの話は、少年たちが店を去った後も日暮れまで続きました。

口うるさい老人たちが言う通り、この湾は江南の海辺では別格の豊かさを誇っていました。それは〈海竜商会〉という大きな組織が十年計画で資金をつぎこみ、経済の発展に力を入れていたからです。そして計画通り、湾の人々はもともと豊かな海産物の他に、高額な夜光貝や真珠を育てることに成功し、大きな利益を上げました。〈商会〉はその利益を次世代を担う子どもたちの教育にあてましたが、その効果はあまり芳《かんば》しくありませんでした。

一日中働かされていた子どもたちにとって憧れだった学校は、義務になるとたんに魅力がなくなってしまったのです。特に年齢が上がるほど、勉強嫌いな子どもたちにとって学校で過ごす昼前の時間は、ただ午後の遊びを何にするか考えるだけのものになっていました。それは腕力と財力で仲間を従えるクワンにとっても、例外ではありませんでした。

仲間たちと別れて坂を上り、クワンは湾を一望する我が家に向かいました。

クワンが妹と母とその兄——つまり伯父《おじ》のサヴァンや使用人たちと暮らす家は、湾の他の家とは少し違っていました。まず屋根が、このあたりの海辺に多く見られる板や茅葺《かやぶ》きの上に石を載せたものではなく、都の富豪の家に多い粘土を焼いた瓦でした。そして壁も藁をまぜた土や、それに木の板を張ったものではなく、白くなめらかな塗り壁でした。

建物は上から見ると、中庭を囲んで四角い升《ます》のような形になっており、中庭には井戸水をひいた小さな池がたくさんありました。そこでサヴァンは淡水真珠を作っていました。本職は夜光貝や真珠を扱う商人でしたが、貝の研究もしており、最近、海水で質のいい大粒の真珠を養殖するのに成功したので、今は淡水での色や形の改良に移っていたのです。

真珠を育てる瀟洒《しょうしゃ》な家は、湾の人々から憧れと尊敬のまなざしを向けられる存在で、いつからか「お屋敷」「真珠屋敷」と呼ばれていました。

汗と砂だらけのクワンは、手鼻をかんで鼻血を出し、ごしごしと腰のあたりで手を拭きました。

「ただいまー」

白い花の咲く門をくぐり、屋敷の中に入りかけたクワンは、いつもより忙しく廊下を行き交う使用人たちを見て、はっとしました。

(やべえ。今日は会議の日か)

クワンの盛り上がった気分が、急にがくんと下がりました。クワンは月に一度の会議が苦手だったのです。

クワンは舌打ちし、裏口の厨房からそっと屋敷の中に入りました。

(うわー、すごいご馳走だ)

湾で一番の富豪でありながら、主《あるじ》である伯父の方針で質素な生活をしているクワンは、用意された料理を見て目を輝かせました。取れ立ての魚や貝や海老《えび》が、かまどにかかった蒸し器や鍋の中や大きな緑の葉の上から、いい匂いを漂わせています。料理人の目を盗み、焼き立ての大きな貝柱を一つくすねると、クワンは廊下の角に走りました。

「うまい!」

生でも食べられる大きな帆立《ほた》ての貝柱は、少しあぶったことによって身がしまり、タレの塩気でより甘みがましています。えもいわれぬ旨みが口の中いっぱいに広がりました。

「あ〜、酒が欲しい」

「なんだって?」

びくっとして振り返ると、よく似た顔の初老の男が二人、立っていました。

「よう、クワン。また背が伸びたなあ」

「もうすぐサヴァンを抜くんじゃないか?」

クワンはのどに詰まったものを気づかれないよう飲みこみながら、

「こ……ちわ」

と、もごもご挨拶《あいさつ》するのが精いっぱいでした。

（ああ、びっくりした。棟梁《とうりょう》と長者か）

客間に去ってゆく二人を見ながら、クワンはふうっと息をつきました。

「棟梁」というのは、江南の伝説の船大工で、「長者」というのはその弟で江南一の魚市場をまとめる顔役でした。

〈海竜商会〉に入っている漁師で、この二人の名を知らぬ者はいません。今は二人とも工房や私塾を持ち、それぞれの技術や知識を若い者に伝えていましたが、かつて何百人もの弟子や漁師たちを仕切っていた迫力は衰えていませんでした。

次にやってきたのは、「教授」と呼ばれる、その名の通り王立学院の教授でした。時間通りに行動することの少ない南国人の中では稀な、時間と約束に厳しい人でした。

少し遅れてやってきた「姫」と呼ばれる年齢不詳の女は貿易商で、若いころは相当な美人だったと言われており、呼び名はそのころついたものでした。今もその名は定着していますが、本人のいないところでは、みな「姉御《あねご》」と呼んでいる貫禄のある人物でした。

さらに「名人」と呼ばれる囲碁の名手でもある大商人、そして「仙人《せんにん》」と呼ばれる白髪と長いひげをたくわえた知恵者の老人が、息子に手を引かれてやってきました。

客間に六人が揃ったところへ、「貴公子」と呼ばれるサヴァンがやってきました。

「揃いましたね。それでは今日の会議を始めましょう」

この、それぞれ只者ではない空気を漂わせる七人は、〈海竜商会〉の創立者たちでした。

〈海竜商会〉はもともと命知らずの船乗りたちの集まりでした。海竜海峡という危険な場所を小船で渡りきることができた船乗りたちが、その証《あかし》として体の一部に龍の刺青《いれずみ》をしたことから、その名がついたのですが、今では国中のさまざまな職業の人間が加わって、大きな組織になっていました。

現在の〈商会〉は別な十三人の幹部が運営しているので、この七人に実質的な権限があるわけではありません。しかしその影響力は大きく、こうして月に一度はこの屋敷に集まって、さまざまな意見を交わしているのでした。

この「会議」があるからといって、別にピリピリとした空気が流れるわけでも、「静かにしていろ」などと言われるわけでもないのですが、集まってくる大人たちからはいつも、何とも言えない威圧感をクワンは感じました。母と小さな妹と食事をすませたクワンは、中庭からそっと七人のいる客間に近づき、窓から聞こえてくる声に耳をすませました。

「この新しい税制は無茶だな。まるで庶民のことを考えていない」

「『海の翁《おきな》』の意見も聞きたいところだが、彼は来ないのか？」

「最近、我々への王宮の監視が厳しいからな。気を遣って、こちらには近寄らないらしい」

「残念だ。彼の経験が生きる分野なのに」

二十年前に誕生した〈海竜商会〉は、今では『陰の王家』と呼ぶ者がいるほど、大きな組織になっていました。それゆえに王宮では敵視する者もおり、「もっと監視を厳しくすべきだ」「いっそ強制的に解散させるべきだ」という声もあがっていました。勉強嫌いで働いたこともないクワンは、そんな政治的な状況は知りませんでしたが、大きな物事を決めている伯父たちの緊張感のある話し合いを聞くのは好きでした。

「〈商会〉は相変わらずの人材不足だ。もっと教育に力を入れねば」

サヴァンの声に、「姫」や「長者」たちの意見が続きました。

「そうね。私たちのような商売上手は次々に出てくるけれど、教授のように学問に秀でたり、仙人のように広い視野で物事を語る人というのは、なかなか出てこないものだわ」

「教養のある者は、圧倒的に豊かな家の生まれだ。〈商会〉とは対極だな」

「それでも、〈商会〉の援助制度ができてから、ずいぶん上の学校に行く者が増えたじゃないか。昔は数えるほどしかいなかった。えらい進歩だ」

「まだまだだ。もっと上を目指してもらわなければ。もっと内陸と海辺の貧富の差、教育の差を縮めなければ、沙維や巨山のように全体の水準は上がらない」

サヴァンの言葉に拍手がおきるのと同時に、空からぱらぱらと小雨が降ってきました。

(あ〜、かゆい)

雨に濡れ、蚊に刺され、昼間の遊びの疲れも出て、クワンは自分の部屋に戻りました。

(あ〜あ、早く俺も大人になりたいなあ)

クワンは早く家を出て、自由に暮らしてみたくてたまりませんでした。しかしどうすれば家を出られるのか、どうすれば働いていけるのか、クワンにはまったくわかりませんでした。むしろ貧しければさっさと家を出て、他の家の手伝いをしたり、港で働いたりするという手もあります。実際他の村ではそうしている同じ年頃の子もいると聞きました。

しかし、クワンは「おまえはそんなことをする必要はない。勉強して王立学院に行け」とサヴァンに言われています。王立学院というのは、この国で唯一の公立の最高学府で、他の私立に比べて学費が段違いに安いので倍率も高く、入るのが一番難しい学校でした。

「どうして他の学校じゃいけないんだよ?」

「他は私立だ。金持ちが金にあかせて創った学校だ。自分に都合のいい考え方ばかり教えこもうとする。そんなところに行くな。おまえが行っていいのは王立だけだ」

勉強が苦手なクワンにとって、それは無理な命令以外の何物でもありませんでした。何も知らなかった子どものころは、「そんなものか」と思っていましたが、何年も浪人したり、勉強のしすぎで精神を病む者まで出るという入試の難しさを知ってからは、とても従う気にはなれません。クワンの母は、そんな息子を見て、

「兄さん。別に王立だけにこだわらなくてもいいではありませんか。私財を使って学校を創ろうというような大金持ちの中には、大らかで『金は出すけど口は出さない』

というような方もいるそうですよ。そんなところでは、教師たちも伸び伸びと好きなように授業をしていると聞きます。何も私立だからといって拝金主義というわけではありません」

と、兄に言いました。

（へー、そうなんだ。そんな学校があって俺でも入れるなら、行ってもいいかな）

クワンはそう思いましたが、サヴァンは頑として聞き入れませんでした。

「だめだ。私立なんて金持ちの道楽息子ばっかりだ」

（うちだって金持ちじゃないかよ）

クワンは心の中で口答えしましたが、「貴公子」などという渾名を持つ一見優男《やさおとこ》のサヴァンが、本気で怒ると鬼のように怖いことを知っていたので、実際には言えませんでした。「せっかく行けと言っているのに」「おまえは恵まれているんだぞ」と言うサヴァンの意向と、いくら言われても学校や勉強になんの興味も湧かないクワンの考えは永遠に平行線でした。

（あ〜あ、仕事はできないし、勉強はやりたくないし）

それでも何かをしたいという気力と体力を持て余し、クワンは毎日、喧嘩や馬鹿騒ぎに明け暮れているのでした。

（俺の父さんは俺ぐらいのとき、何してたんだろう？）

クワンは最近、そんなことを考えるようになりました。父はクワンが生まれてすぐ死んだと聞かされ、幼い日はそれを疑ったことはありませんでした。祖父や父や兄を嵐の漁や船の事故で失った者は、身近にいくらでもいたからです。しかし長じるにつれ、不思議に思うことも増えてきました。古い玩具《おもちゃ》や本を「父さんからもらったのよ」と聞かされると、

（でも、この万華鏡は俺が五歳のときにもらったやつだぞ。この地図帳は七歳のときだ）

と、矛盾が出てくるのです。それに妹のリアンはまだ生まれて一年しか経っていませんから、どう考えても最近まで、父はこの世にいたことになります。

（生きていたなら、どうして俺やリアンに会いにきてくれなかったんだろう？）

しかし、それを聞いてはいけないような気がしました。昔、

「ねえ、俺の父さんて本当に死んだの？　生きてるの？　生きてるならどこにいるの？」

としつこく聞いて母を泣かせ、サヴァンに怒られたからです。部屋から連れ出され、

「母親を泣かせるんじゃない」

とサヴァンに言われたクワンは、「そんなつもりじゃなかったんだよ。それに、どうして子どもが親のこと聞いちゃいけないのさ」と言い返しました。すると、サヴァンは腕組みをして黙りこみ、しばしの沈黙の後に言いました。「そんなに、父のことが知りたいか？」

「知りたいよ」

当たり前だ、とクワンは思いました。

「じゃあ教えてやろう」

重々しい声で、サヴァンはクワンに告げました。

「おまえの父は、龍だ」

「え？」

「海に棲む龍の化身だ」

「……あ、そう」

教える気はないんだな、とクワンは思いました。龍王と人間の娘の間に生まれた子、というのは、江南の初代王の伝説でした。

（そんなの、信じる年じゃねえよ）

どうやら大人にとって、言いたくない事情があるようだ、とそのときクワンは悟りました。

母にもサヴァンにも、もちろん他の誰からも真実を教えてもらえなかったクワンは、勝手に想像することにしました。想像の中の父は、日に焼けた顔に濃いひげをたくわえた、厳しいけれど優しそうな海の男です。そして決して陸路を使わず、船を住み処にして沙維や巨山と取引をするのです。そんな船乗りの父を、クワンは思い描きました。

(でも、ちゃんと教えてくれないってことは、あんまりいい別れ方してないのかな)

周りには、そんな家もざらにありました。父親が出ていってしまったり、その逆に母親がいなくなってしまった家です。しかし贈り物を送ってくれていたということは、子どものことは、気にしていたのかもしれません。

(都や外国の珍しいものってことは、けっこう金持ち？　それともあちこち行く仕事かな？)

クワンの中で、想像は勝手にふくらみました。それは自由で、幸福な一時でした。

二　都の二人

次の日の朝、クワンは夜明けとともに屋敷を抜け出しました。

六人の客人たちは多忙なので、だいたい夜中に帰宅してしまうのですが、サヴァンは教授と話すのが好きなので、たいがい引き留めては滞在してもらっていました。クワンは自分の家庭教師でもある教授のことを嫌いではありませんでしたが、朝食の席でサヴァンが教授に、「ところで、このクワンをやる気にさせるには……」と切り出すことにうんざりしていました。

(朝から勉強の話なんて冗談じゃないぜ)

朝日に照らされた沖には、行き交う船が見えます。クワンは浜辺を見下ろす崖の上に立って、深呼吸しました。

「ふうっ」

思った以上の朝の涼しさに、クワンは思わず身震いしました。昨日の夜に降った雨のせいで、今日は冷えます。もう一枚着てくればよかったと後悔していると、どこからか笛の音が聞こえました。それは時々かすれ、お世辞にもうまいとはいえない音色でしたが、さびしく切なげで、朝の澄んだ空気に似合っていました。

（誰だろう？）

あたりを見回しながら歩いていると、浜辺のほうに下りる坂の途中に座って、笛を吹いている少年の姿が見えました。クワンはその少年のすぐ傍で踊る、少女の動きに目が釘づけになりました。笛の音に聞き入るように、目を閉じて踊る少女の動きは、確かに江南《カンナム》の伝統的なものでしたが、クワンが今まで見たどんな踊りとも違っていました。その違いがいったい何なのかわからず、クワンはじっと少女に見入りました。

（ああ、笑ってない……）

どうやら少女の踊りが他と違って見えるのは、その表情のせいだと思いました。明るい太鼓《たいこ》や鈴に合わせて、はじけるような笑顔を見せる踊りしか見たことのなかったクワンにとって、目を閉じ真摯に祈りをささげるように踊る少女の姿は新鮮でした。哀切な笛の音もまた踊りに合っていて、陽気ではないものの、決して暗くはありません。じっと、その踊りを見ていると、クワンは心が静められるような気がしました。

踊りが終わり、少女は目を開けました。ふっくらとしたほおに、まつ毛の濃い目が美しい十五、六の娘で、クワンはあっと思いました。

「シアか？」

急にその名を呼ばれた少女は、驚いてクワンのほうを見ました。

「ああ、悪い。あんまり、いい踊りだったから、つい……。あんた、シアっていうんだろ？　聞いたことあるよ。『十年に一度の踊り子』だって」

「え、そんな……」

シアは、はにかんでクワンを見つめました。自分より一つ年上のはずですが、その表情は可愛《かわい》らしく、さっきの近寄りがたい踊りを見せていた娘とは別人のようでした。

「あなたクワンでしょ。あのお屋敷に住んでいる王子さま……」

「王子？　俺が？」

クワンは吹き出しました。「俺は王子なんかじゃないぜ」

「でも、みんなそう呼んでるわ」

シアは笑いましたが、傍に弟の姿がないことに気づき、慌ててその後を追いました。

「待ってよ、セオ！」

そして走りながらクワンのほうを振り返り、

「またね、クワン！」

と叫びました。クワンはシアに手を振りながら、

（いい子だな。あの弟は愛想ないけど）

と、思いました。

客人たちが帰ってしまうと、またいつもと変わらない日々が始まりました。日はさんさんと照り、海は穏やかで、クワンは仲間と午後の海で遊び呆け、夕暮れの屋台で串に刺した焼き立ての烏賊《いか》や海老をふるまい、みんなでむしゃむしゃと食い散らかしていました。好物の烏賊の目玉を食べていたクワンは、ふと隣にいた仲間の腕に目が留まりました。

「おい、なんだそれ？」

「ああ、これのことか？」

何気なさを装いながら、「やっと気づいたか」という喜びを隠せない表情で、その少年は銀の腕輪をかざしました。「これさ。イウォン通りで買ったんだ」

おおっと身を乗り出して、少年たちはその腕輪を見つめました。

「イウォン通りって、都で今流行《はや》りの服や細工物を売ってるところだろ？」

「すげえな。よく見せてくれよ」

「おまえ、都に行ってきたのか。いいなあ」

少年たちは代わる代わる、銀の龍がついた腕輪を見つめました。

「今は、色石を二色以上使うのが流行ってるんだぜ。色の組み合わせは自分で選べるんだ」

「へーえ。なあ、指輪は？　耳飾りはどんなのが流行ってるんだ？」

「う〜ん、そうだなあ。俺の見たところじゃあ……」

少年たちは、仲間の語る「都の流行」の話に夢中になりました。

（ちぇっ、いい気になりやがって）

そんなものに興味はない、という顔をしながら、クワンは聞き耳を立てていました。裕福なクワンの家には、高価なものや珍しいものがたくさんあります。でも、それは「今一番新しいもの」「流行のもの」ではありません。大人が「いい」というものと、十代の少年が欲しいものとは違うのです。

（都か……）

〈楽園〉と呼ばれる贅を尽くした江南の王宮がある花の都までは、この湾から馬で日帰りできる距離だというのに、クワンはなぜか一度も連れていってもらったことがありませんでした。

子どものころは、「危ない」「人が多くて迷子になる」と言われ、もう迷子になる年ではなくなると、「おまえには刺激が多い」「余計なことを考えずに勉強しろ」と言われてきたのです。クワンは、友達が新年や祭りに遊びにいったと聞くたびに、

（この俺がみんなより出遅れるなんて！）

と、焦っていたのでした。「俺も都に行こうかな」「俺も」「俺も」と盛り上がる仲間たちに、

「じゃあ、今度みんなで行こうぜ」

とクワンが言ったとたん、なぜかみんな黙りこみ、目を合わせなくなりました。

「なんだよ。おまえら、俺と行くのがそんなに嫌なのかよ？」

苛立つクワンに、顔を見合わせていた少年たちの一人が口ごもりながら白状しました。

「だって、クワンとは都に行っちゃいけないって、貴公子さまから……」

クワンの顔色が変わったのを見た少年たちは、あたふたと言い訳を始めました。

「ご、ごめんよ。でも、貴公子さまの頼みだからさ」

「そうそう。あの人、きれいな顔なのに、なんか迫力あるしよ」

「なんたって、この湾の実力者だもんな」

うんうん、とうなずきながら、友人たちは遠ざかってゆきました。急にみなが自分を置いて遠い場所に行ってしまうような気がして、クワンの中にさびしさと、サヴァンに対する怒りが沸き上がりました。


「伯父貴。そんなに俺が信用できないのかよ！」

帰ってくるなり、書斎で怒鳴り出した甥っ子に、サヴァンは眉根《まゆね》を寄せました。

「いったい何事だ。仕事中は入ってくるなと言ってあるだろう」

冷静な低い声でしたが、クワンは一瞬ひるみました。友人の言うように、「きれいな顔なのに、なんか迫力ある」のです。しかし、ここで止めるわけにはいきません。

「なんで俺は都に行っちゃいけないんだよ？」

「なぜ行く必要がある？」

「……いいじゃないか。みんな行ってるんだし。伯父貴はいつも俺に『広く世界を見ろ』とか言うくせに、こんな狭い湾に俺を閉じこめて、広い世界もへったくれもあるかよ。自分は若いころあちこち旅して回ってたんだろ？　なんで俺を自由にしてくれないんだよ！」

「おまえのような半端者に、そんな権利はない」

クワンは怒りにまかせて扉を閉め、サヴァンの書斎を後にしました。

その夜、クワンは腸《はらわた》が煮えくり返って眠れませんでした。

（あー、ムカムカする。何か飲まないと眠れないぜ）

厨房から酒でもくすねてやろうと廊下に出たクワンは、居間から聞こえる声に足を止めました。いつもなら、妹を寝かしつけながらもういっしょに休んでいるはずの母と、伯父の声が聞こえたのです。しかもどうやら二人は、自分のことを話しているようでした。

「そうなの。クワンはそんなことを……」

「あいつの言うことはもっともだ。意欲や好奇心を持て余してる」

「だから兄さんは、あんないい家庭教師や本を与えているんでしょう？」

「いや、あいつはそういうもので満足する性分《しょうぶん》じゃない。俺もそうだったからわかる。自分の目で見て、触れて、試してみたいんだ。何もかも」

「そうね。兄さんも、父さんの反対を押しきって、船に乗って出ていったものね」

サヴァンは、ふーっと廊下まで聞こえる大きなため息をつきました。

「できることなら、俺もクワンを外に出してやりたい。思うぞんぶんやりたいことをさせてやりたい。あいつといっしょに旅をして、いろいろ教えたい。だが……」

クワンは驚きました。厳しい伯父がそんなことを考えていたとは思ってもいなかったからです。次の言葉を聞き漏らすまいと、クワンは息を殺して壁に張りつきました。

「無理だ。あいつは目立ちすぎる」

「なら目立たないような格好をすれば……」

「外見だけの問題じゃない。見た目なんてどうにでもなる。だが、あいつは自分が気づいたことを見て見ぬふりをしたり、やり過ごしたりすることができない。そういう性格だ」

「……そうね」

「あいつを人目に触れさせないようにするのは、炎に布を被せて隠そうとするようなものだ」

サヴァンが自分のことを考えてくれていたのはわかったものの、クワンは納得できませんでした。なぜ自分が目立ってはいけないのか、なぜこそこそ隠れたりしなければいけないのか、まったくわからなかったからです。部屋に戻ったクワンは決心しました。

（そっちがその気なら、都なんか一人で行ってやるさ！）

数日後、サヴァンが泊まりがけの用事で出かけた朝、クワンはこっそりと湾を抜け出しました。友人から借りた早馬で都を目指し、クワンは朝の道をひた走りました。

（けっこう遠いなあ）

半時《はんとき》もしないうちに、クワンは一人で馬に乗っているのに飽きてきました。いつもわいわいと仲間とつるんでいるので、誰とも喋らずにいるのが退屈でたまらなかったのです。

（誰か誘えばよかったかなあ）

しかし、今さら湾に帰って連れを探しては、今日中に都へ行って帰ってくるのは無理でしょう。クワンはすぐに諦め、道を急ぐことにしました。早く都に着けば、さびしく一人でいる時間も短くなると思ったのです。

急ぎつつ、借りた馬をあまり疲れさせないように、クワンはゆっくりした駆け足で都を目指しました。

「あれ？」

道の向こうに、どこかで見たような後ろ姿がありました。

「おおい！」

振り向いたその顔は、意外そうに、そしてちょっと嫌そうにクワンを見ました。

（セオ？）

それは確かに、あのシアの弟でしたが、まるで人違いで呼び止められたとでもいうように、道の端へ寄ってしまいました。

「おまえ、都に行くのか？」

クワンは馬を止め、上からセオに尋ねましたが、セオは何も答えませんでした。

「歩いてか？　行って帰ってきたら真夜中になるぜ？」

セオはクワンを無視し、歩き続けました。クワンは舌打ちし、馬を勢いよく走らせました。

（なんだよ、まったく！）

返事しだいでは乗せてやったのに、とクワンは思いました。

思ったより早く都に着いてしまったクワンは宿を探し、小銭を払って馬を預かってもらいました。その辺に勝手につないでおくと、都ではすぐに盗まれてしまうと聞いていたからです。そしてクワンは、東西南北にある門のうち、一番近い西門から都の中に入りました。

「ここが、都かあ……」

十五まで自分が生まれ育った集落から出たことがなかった少年にとって、都はまばゆい夢のような世界でした。さまざまなものを売る数えきれない店が立ち並び、そこで売られているものは全てが垢《あか》抜けて美しく高価でした。大勢の人々から立ち上る熱気と、何より、

(俺は、やっと都に来たんだ！)

という事実に興奮し、クワンは時間の経つのを忘れて街を歩き回りました。

腹の虫が鳴ったことに気がついたころ、日はとうに高く昇り、やや西に傾いていました。

(ずいぶん歩き回ったなあ。そろそろメシにするか)

山ほどある店の中で、どこにしようかと楽しく品定めしていると、細い路地の奥で、

「返せよ！」

「うるせえな」

と、もめる声が聞こえてきました。なんの気なしに覗いてみると、自分と同じくらいの少年が、二十歳《はたち》くらいの青年と小さな革袋を取り合っています。その重そうな外見から、小銭が入っているのは明らかでした。そして、その少年の顔は――。

(セオじゃないか。あいつ、ほんとに歩いてきたのか！)

自分よりかなり年上の相手に突き飛ばされながら向かっていくセオを見て、クワンはびっくりしました。歩く速さを考えれば、おそらく着いたばかりでしょう。

(もう巻き上げられてんのかよ。バカだなあ)

大して親しくもない、しかも不愉快な態度をとられたばかりの相手です。窮地に追いこまれているのを目にしたところで、いつもなら立ち去ったかもしれません。

しかし初めての都で、自分でも気づかぬうちに緊張とかすかな疎外感も味わっていたクワンにとって、セオは安心できる「知り合い」でした。

クワンはセオのほうに向かって走り出しました。

「そいつを放せ！」

クワンの声に、セオの襟首をつかんでいた青年が振り向きました。

「なんだおまえ？」

自分よりはるかに体格のいい青年の大きな拳には髑髏《どくろ》の刺青があり、クワンは一瞬ひるみましたが、ゆっくりとこう言いました。

「そいつを放せよ。俺の知り合いなんだ」

セオは、しばらく何が起こったのかわかりませんでした。急に締め上げられていた首が楽になったかと思うと、目の前にクワンの顔があったのです。その顔を見て嬉《うれ》しくなる日がくるとは、考えもしなかった相手でした。セオは初めて、浜辺で声援を送っていた仲間たちの気持ちがわかりました。

「クワン！」

しかしセオの口から出たのは、応援する声ではなく悲痛な叫びでした。二倍近く体重がありそうな青年は、あっというまにクワンを押し倒し、その上に馬乗りになって顔を殴り続けていたのです。セオは周りの建物に向かって叫びました。

「誰か助けてくれ！　誰か！」

いくつもの開けっ放しの戸や窓があるのに、誰一人外へ出てくる者も、顔を出す者もありません。みな喧嘩などに関わりたくないか、慣れっこになっているかなのでしょう。セオはもう一度大声で叫びました。

そのとたん、建物の中から「何?」「なんだって?」という声が聞こえ、あちこちの窓や戸口から人の顔が出てきました。クワンの上に乗っていた青年も、

「火事だぞ!!」

「火事?」

とセオのほうを見ました。その顔にすかさずクワンの拳が入りました。

「うっ!」

とうめいて青年はよろけ、そのむこうずねを蹴り飛ばし、クワンは立ち上がりました。足を抱えて倒れた青年の腹にさらに一発入れると、クワンはセオに向かって言いました。

「逃げるぞ!」

セオはうなずき、二人の少年は狭い路地を一目散に走り抜けました。

広場に出て、もう相手が追ってこないことを確認した二人は、やっと立ち止まりました。クワンに引きずられるようにして走ってきたセオは、石畳に膝をつき、破裂しそうな心臓を押さえ、ぜいぜいする息を整えました。建物の壁に寄りかかったクワンも、肩で息をしながらセオのほうを見ました。危ないところを逃げきった壮快感よ

り、年下の相手の機転に助けられたばつの悪さから、クワンは先手を打ちました。

「おい、来いよ。メシおごるぜ」

クワンはなるべく余裕を見せながら、セオを手招きしましたが、まだ荒い息をしたセオは何も答えず、クワンの顔を見つめていました。

「どうした？」

「口止め料なら、別のものがいい」

クワンの中に、見透かされた恥ずかしさと怒りが湧き出ました。

「どういう意味だ？」

「都に来たこと、貴公子に知られたくないだろ？　黙ってるから……」

「おまえ。俺に助けられて何か言える立場かよ！」

詰め寄るクワンに、セオは振り絞るように言いました。

「だから、本を……」

「本？」

「くれなんて言わない。見せてくれればいいんだ。いつも勉強するのに使ってる本を……」

「貸すだけでいいのか？」

セオはうなずきました。

「ああ、いいさ。全部貸すよ。あんなもんでいいならな」

クワンの言葉に、セオはぼそりと呟きました。

「自分が、どれだけ恵まれてるか気づいてないんだな」

「え？」

「なんでもない」

そして二人は、黙って近くの屋台でずるずると塩辛い汁に浸った麺を食べ、そこで別れました。クワンは、

「ほんとにいいのか？」

と何度も誘いましたが、セオは首を振りました。

「二人で乗ったら馬も疲れるし、遅くなったら家の人も心配するだろ？　どうせ俺の親は何も言わないからな」

内心後ろ髪を引かれながら、クワンは一人で湾に帰ってきました。

友人に馬を返し、家に帰ったクワンは、風呂に入ろうとして、ふと首筋が軽いことに気がつきました。物心ついてから、いつもかけていた首飾りがないのです。脱ぎ捨

てた衣や敷物の下に落ちてないかと、クワンは必死で探しましたが、首飾りはありませんでした。

（どこで落としたんだ。まさか、都か……？）

クワンはセオと会ったときや、男から逃げたとき、そしてセオと麺を食べたときのことを思い出しました。麺を食べたとき、胸にはねた汁をぬぐいましたが、そのとき胸元には……。

（なかった！　やっぱりあいつから逃げたときだ！）

クワンはがっくりしました。そう簡単には都には行けません。しかも、あんな人通りの多いところで落として、誰かに拾われないはずはないと思いました。クワンは首飾りの値打ちは知りませんでしたが、母とサヴァンに肌身離さずつけているよう言われていました。

（まあ、いいさ。お袋にバレないようにしておこう）

クワンはそう自分に言い聞かせ、不安を打ち消すために、頭から水をかぶりました。

次の日、クワンはセオとあらかじめ約束していた海辺の洞窟に本を隠しておきました。セオは何が読みたいのかわからないので、とりあえず二、三冊持っていったのですが、そのうちの一冊は教授からの宿題が出ていたことを、後でクワンは思い出しました。

「セオ！　セオいるか？」

いきなり家に飛びこんできたクワンに、セオはびっくりしました。

「悪いけど、あの『江南法律大全』だけ返してくれ」

「あ、ああ……」

セオから本を受け取ったとたん、クワンはその厚さに頭を抱えました。

「うわあ。これを読んで感想を言えっていうのかよ！」

「感想って、『面白かった』とか『つまらなかった』とかじゃだめなのか？」

「そんな簡単じゃないんだ。大事なところを三つ言うって決まってるんだよ」

「大事なところを三つか……」

セオは分厚い本をぱらぱらとめくりました。

「じゃあ、それはやっぱりこの法律の成り立ちと、それが大きく変わるきっかけになった二十年前の災害、そして最近よく議論されている沙維《サイ》や巨山《コザン》の刑罰との比較。この三点じゃないか？」

クワンはぽかんとしてセオの顔を見つめました。

「……おまえ、なんでわかるんだ？」

「なんでって、読んだからだよ」

「だって今日貸したばっかりだろ？」

「もちろん全部は読んでない。でも、だいたい目を通せば一番大事なところくらいわかる。もし、それで先生が違うって言ったら、『自分が大切だと思ったところはここでした』って言えばいいんだ。考える宿題を出す人だったら、頭ごなしには怒らないだろ？」

クワンは強くうなずきました。教授はセオの言う通り、

「この問題について、君はどう思うかね？　自分で考えてごらん」

と言う人でしたが、そもそも与えられる問題について何も勉強していないクワンには、答えられなかったのです。そこで最近、教授もクワンの頭に合わせてくれるようになり、

「意見を求めるのは早かったかね。それでは、せめて本を読んで、大切だと思ったところを三つ挙げてもらおうか」

という単純な宿題に変わったのでした。それを聞いたセオは、

(高名な教授の個人授業を受けているのに……もったいないにもほどがある)

と呆れ、怒りさえ湧きましたが、次の日クワンは、

「おまえのおかげでうまくいったぜ！」

と、新しい本を持ってきました。

「で、次はこの本を読んでこいって言うんだけどな……」

やれやれと思いつつ、セオはクワンの宿題を手伝ってやるようになりました。

「セオ。このことは伯父貴には内緒だからな」

「伯父貴って、貴公子か？」

「なにが貴公子だ。俺がちょっと友達に手伝わせたら、いきなり木に逆さ吊りだぜ。そんな貴公子いるかよ」

「ちょっと……？」

「うん、まあ三回。いや、五回くらいかな。でも、おまえのほうがずっといいよ。完璧なうえに、ちゃんと俺が考えたように書いてくれるもんな」

セオは、クワンに難しい本の内容を噛み砕いて教えるだけでなく、感想そのものを書いたり問題を解いたりすることがありましたが、そのときはわざと字を間違えたり、乱雑に書いたりと、クワンらしく見せることを怠りませんでした。

「おまえ、本当にこういうのうまいよなあ」

屈託なく礼を言うクワンに、セオは嬉しく思いつつ、複雑なものも感じていました。

(俺は本を借りて読むことはできるけど、本を書くような人と話すことは一生ない。でも、いいんだ。クワンに会わなかったら、こんな本だって読めなかったんだからな)

セオはそう思っていましたが、その運命が変わる日は、突然やってきました。

クワンが都に行ってから一月《ひとつき》ほどしたころのことでした。いつものようにクワンが洞窟へ行くと、セオとシアが待っていました。

「あれ？　今日は二人でどうしたんだ？」

「これ……少し汚した。ごめん」

かすれた声で言いながら、セオは本を差し出しました。

「ああ、いいよ。これくらい」

本には一度強く折れてから、無理やり真《ま》っ直《す》ぐに伸ばしたような跡がありましたが、クワンは気になりませんでした。

むしろ気になったのは、自分と目を合わせないセオのほうでした。うつむくセオの顔を無理やり自分に向けさせると、片方の目はほとんど見えないほど腫《は》れ上がり、もう片方の目の周りは青黒くアザになり、口の端が切れていました。

「どうしたんだ、おまえ？　どこの奴にやられたんだよ！」

「ごめん……」

「だから、誰にやられたんだよ？　言えよ」

クワンは、セオが最近自分とよくいっしょにいたので、自分に恨みのある者にやられたのだと思いましたが、セオの横からシアが進み出ました。

「やったのは父さんよ。ごめんなさい」

「え？」

クワンはびっくりして、シアとセオの顔を見比べました。

「この子はちゃんと、いつも父さんの目につかないところで読んでたの。なのにあたしがうっかりして……本当に、ごめんなさい。弁償するわ。あたし、働いて返すから」

「いいんだ。姉さん。俺が借りた本なんだから」

「あんたは悪くないわ。あたしが悪いのよ」

二人のやりとりを聞いていたクワンは言いました。

「来い！」

セオとシアは、クワンの強い口調にびくっとして互いの手を取り合いました。

「二人とも、俺の家に来い。そこで好きなだけ読めばいい」

姉弟は顔を見合わせました。

三　夢を継ぐ者

物心ついたころから、クワンが家に友達を呼ぶことは、ほとんどありませんでした。クワンの家が、みんなで遊ぶ浜辺や学校から遠い高台にあるせいもありますが、何よりサヴァンが礼儀などに厳しかったからです。母親だけなら、

「あら、いらっしゃい」

と、お茶や菓子の一つも出して歓迎してくれるのですが、サヴァンとなると、

「おまえはどこの者だ？　家の手伝いはどうした？」

と、誰彼かまわずうるさく尋ねるのです。うっかり「うるさいなあ」というような目つきをしたりすれば、

「なんだ、その目は。この穀潰《ごくつぶ》しども、文句があるなら出ていくがいい！」

と一喝されました。シュロの木のように背が高く、静かながらも眼光するどいサヴ

アンは、かなり厳しい父親を持った友達でも震え上がるほどで、必ず次回からは、

「クワンの家以外のどこで遊ぶ？」

ということになるのです。サヴァンは子どもに限らず、必要以上に家に他人を入れるのを嫌っていました。

咎められるのを覚悟で、クワンは書斎の扉を叩き、仕事中のサヴァンにシアとセオを紹介しました。サヴァンはクワンの予想に反し、二人を家に入れるのに反対しなかったどころか、腫れ上がったセオの顔のことも、何も聞きませんでした。

クワンはほっとして二人を自分の部屋に入れました。

「今、薬と水持ってきてやるからな。あ、あと食べ物も。何がいい？」

「何でもいいわ。ね、セオ？」

シアに肩を叩かれ、「あ、う、うん」とセオは我に返ったように答えました。

「伯父貴、怖いからな。緊張しただろ？」

クワンの言葉に、セオは「全然、そんなことないよ」と首を振り、呟きました。

「あの人が、伝説の貴公子なんだ……」

クワンが覗きこむと、腫れたまぶたの下で、セオの目はうるむように輝いていました。

「何おまえ、うっとりしてんだ。気持ち悪い」

「だって〈海竜商会〉で一番若い創立者だろ。なみいる強者を差し置いて選ばれた……」

「そうらしいな。ま、俺にはただの口うるさい伯父貴だけどな」

クワンの言葉に、セオはため息をつきました。

「クワンはいろいろともったいないことをしてるけど、あんな素晴らしい人の傍にいて、何も学んでないのが一番もったいないよ」

「セオ、失礼よ」

シアは弟をたしなめましたが、クワンは平気でした。

「あ〜、そうですかい。じゃあ、せいぜい、おまえが学んでくれよ」

「うん！」

今までにない素直な返事に、クワンはあっけにとられました。そして厨房から水や食べ物を運んで部屋に戻るクワンを、サヴァンが廊下で待っていました。

「この巨山《コザン》の軟膏を使え。効き目が違うぞ」

「はい……」

「あの子のおかげだったのか。おまえの教師たちが、『最近のクワンはすごい』『やっとやる気になった』と、喜んでいたのは、あの子に助けてもらっていたんだな」

「どうしてわかった？」

「あの子は誰かと喧嘩したわけじゃないな。着る物も汚れてないし、顔以外に傷もない。誰かが一方的に殴ったんだろう。おまえ以外の」

　クワンはうなずきました。

「それを、わざわざ家に連れてきたということは、あのケガにおまえは責任を感じている。何か助けられたんだ。力じゃないな。あのひょろひょろした様子じゃ」

「うん。セオは頭がすごくいいんだ。伯父さん……」

「それで、勉強の手助けを頼んだというわけか？」

「もうしないよ。これからは全部自分でやる。だからセオを追い出さないでくれよ！」

「誰が追い出すと言った」

「じゃあ、家に呼んでもいい？　本を読ませてやってもいい？　あいつの家ではダメなんだ」

　サヴァンは笑ってうなずきました。クワンは、伯父のそんな優しい顔を初めて見たと思いました。

「ありがとう！」

薬と食べ物と水を抱え、部屋に戻ってゆくクワンを見ながら、サヴァンもまた、甥っ子が誰かのためにあんなに必死になるのを初めて見たと思いました。

こうしてセオはクワンの家に来るようになりました。最初はクワンが教師たちから与えられた課題を読んでいたセオは、たちまちそれらを読みつくしてしまいました。

「じゃあ、そこの本棚にあるヤツ、勝手に読んでいいぜ」

「ありがとう」

セオは喜びましたが、それらはクワンの誕生祝いや楽しみにと与えられた、物語などの簡単な本だったので、あっというまに読んでしまいました。

困ったクワンは、だめだろうと思いつつ、サヴァンに「セオに書斎の本を見せてもいい？」と聞きました。「家から持ち出さないなら構わない」と言われ、セオはサヴァンの留守に本を読みにくるようになりました。

ある日、サヴァンがいると知らずに書斎の扉を開けたセオは、その姿を見て慌《あわ》てて謝り、

「すみません。あんまり静かだったので……お邪魔しました」

と、何も手に取らずに出ようとしました。

「別にいい。今は、どの辺を読んでるんだ？」

サヴァンに聞かれ、セオは本の名を挙げて答えました。サヴァンはうなずき、

「ずいぶん難しいのを読んだんだな。だが、あの本は名著といわれるが二十年前のものだ。もうずいぶん状況は変わった。今ならこっちのほうがいい。そうだ、これも面白いぞ」

と言うと、自ら本棚の傍に行って、セオの手に数冊の本を重ねました。

「あの……貴公子」

「私は貴公子なんて呼ばれる身分じゃない。ただの商人だ」

セオは言い直しました。

「では、サヴァンさま。お話があります」

そのとき、クワンは書斎からなかなか戻らないセオを探しにきたところでした。

(あれ？　何やってんだ？)

セオは真剣な顔で伯父を見つめ、伯父はそれを優しく受け止めていました。クワンはなぜか、二人の間に自分は入っていけないようなものを感じました。

「俺に、真珠の仕事を手伝わせてください」

セオの申し出にサヴァンは首を振りました。あきらかに落胆してうなだれるセオの

後ろから、クワンは思わず大声で怒鳴りました。

「なんでだよ！　伯父貴、いいじゃないか」

「待て、クワン。セオに今からそんな仕事をさせるのはもったいないと言っているんだ」

「え？」

クワンはぽかんとし、うつむいていたセオも顔を上げました。

「セオ。王立学院に行く気はないか？」

セオは、信じられない、というように呟きました。

「王立学院……？」

「そうだ。おまえならできる。そこで好きなだけ勉強するがいい。学費は全額私が出す」

「本当ですか？」

「ああ、クワンのために用意したものだが、どうやら必要ないようだ」

「そ、それは、まだわからないのでは……」

慌てるセオに、サヴァンは笑って首を振りました。「気を遣うことはない」

「そうだ。おまえならできるよ」

クワンは心からそう思いました。「これで俺もやっと解放されるぜ」

「まったくだ」

というサヴァンの言葉に、セオも笑いました。それは三人にとって、この上もなく幸福な一日でした。

すっかり暗くなるまで過ごした真珠屋敷から、セオは夕暮れの坂道を走り下りました。

（やったよ、姉さん！　信じられないけど、こんな幸運なことがあるんだ！）

サヴァンに言われたことを早くシアに伝えたかったセオは、近道をしようと普段は通らない浜辺の林の中を通りました。

（急に暗くなったと思ったら、月が雲に隠れたのか）

空を見上げたセオは、あやうく前から来た三人の男たちとぶつかりそうになりました。

「すみません」

セオはすぐ男たちに謝りましたが、返事はありません。再び歩き出しながら、セオはふと妙な気がしました。このあたりの人間ならば自分の顔を知っていて声をかけてくるはずですし、知らなくとも「急に出てくるな!」くらいは言いそうなものです。

(この湾の者じゃないのか……)

セオはそう直感しました。彼らからは海の匂《にお》いがしませんでした。しかしセオは、湾の祭りの日が近いので、都の商人が出店を開くために来たのだと思いました。何より自分のことで頭がいっぱいで、それ以上三人の男たちのことを考えることもなく、セオは一直線に家に向かいました。

もし月が明るく林の中を照らしていたなら、そして人生最大の幸運に浮かれていなかったら、セオはすぐに気づいたでしょう。三人の男たちのうちの一人が、あの都で会った青年だということに。

「今のが例の子どもか?」

と聞かれた青年は答えました。

「いいえ。でも、その連れです。間違いありません」

「そうか。では、この村にいるということは確かだな。あの方が、お探しの者が……」

都から来た二人の男は、目配せし、うなずき合いました。

ここで話は一月前に戻ります。

あのとき、クワンとセオに逃げられた青年は、舌打ちしながら表通りに戻ろうとして、道の上に光るものを見つけました。そしてそれを拾い上げると、「やった！」と小さく呟きました。

（銀細工だ。しかも大粒の半円真珠までついてるぜ）

あのガキどもが落としたんだろうか？　青年は首をひねりました。そういえば、背の高いほうが、胸元に光るものをつけていたような気もします。

（ふん。まだ十五、六のくせに、いいもん持ちやがって。これは俺がもらっといてやるよ）

青年はそれをすぐに、路地にある宝石商に持ちこみました。大通りにある大きな店のほうが高く買ってくれるかもしれないとも思いましたが、出所を詮索《せんさく》されたくなかったのです。狭い路地の奥にあり、宝石や貴金属なら何でも買い取ってくれるという店なら、相場より少々買い叩かれるものの、うるさいことは聞かずに金を払ってくれるはずでした。

青年の思った通り、銀と真珠の首飾りは、数日遊んで暮らせる金に換わりました。

しかし、派手な服を買い、大勢の友達におごり、高い酒を飲んで宿のいい部屋で眠っていた青年は、突然屈強な二人組の男に起こされました。

「この首飾りに見覚えはあるな?」

首飾りの絵が描かれた紙を見せられた青年がうなずくと、

「これは盗品だ。どこで手に入れたか話してもらおう」

と、男たちは言いました。数日分の酔いは、一気に覚めました。

青年も、そしてクワンも気づいてはいませんでしたが、首飾りには細工がしてあったのです。大きな真珠がついた台座の裏側には複雑な模様が彫ってありましたが、そこに色のついた液体をかけると、一番深い溝にだけ色が残り、文字が浮かび上がるようになっていました。

〈愛する我が子へ〉

台座には、江南《カンナム》王家の紋章とともに、そう刻まれていました。店主は首飾りが、歴代の王の一人から隠し子に贈られたものだと直感しました。正妻の子に贈るのなら、隠し文字にする必要はないからです。自分の宝石関係の人脈を使い、なんとか王家に出入りのある人間に近づくことができましたが、ここからは予想と違ってきました。

店主は王家から礼の金貨一袋でも出ないかと期待していたのですが、首飾りは歴代の王のものではありませんでした。現在の王のものだったのです。そして首飾りの存在は、王よりも宝石商と親しい、国一番の上客である人物のほうが先に知ることとなりました。

その日、クワンは起き上がると、中庭の井戸でざぶざぶと顔を洗い、朝食もとらずに外に飛び出しました。今日は祭りの日です。たくさんのご馳走の屋台が出るはずです。家族と食べるより、仲間たちと買って歩きながら食べたほうが美味しいに決まっていました。

しかし、祭りの会場である浜辺に近い広場に近づくにつれ、クワンはいつもとは違う空気を感じ取りました。それは年に一度の祭りの浮き浮きとした高揚感ではなく、何か禍々《まがまが》しいものでした。かすかに何か腐ったような嫌な臭いが流れてきます。浜辺を見下ろす丘の上に店を開けるために、あるいはいろいろな催し物の準備をするために集まった人々の姿が見えました。そしてその人々の間から、戸惑い困惑しきった声が聞こえてきます。

「なんだ、こりゃあ？」

「いったいどうなってんだよ！」

人ごみをかき分け、クワンはその臭気の元である場所に出ました。

「！」

湾の水は、病気の馬の目のように、白く濁っていました。足元から立ち上る強烈な腐臭がクワンの鼻を突き、あちこちに白い腹を見せて浮かぶ魚と、ぼこぼこっと音を立てる泡が見えました。クワンはそれが、昨日まで泳いでいた海だとは信じられませんでした。

「クワン！」

自分を呼ぶ声がし、クワンははっとしました。目の前をおおっていた灰色の雲が消え、クワンは生まれて初めて、自分が目眩《めまい》というものを起こしていたことに気づきました。

「セオ。なんだ、これ？　いったいなんなんだ？」

セオは首を振り、二人は臭気と人ごみから離れました。

「朝になったら急にこうなってたんだ」

「急にって何だよ？　こんなことあり得るのか？」

セオは少し考えて言いました。「……前にサヴァンさまの本で読んだことがある。この湾の水が干上がって、魚が全部腐って、ひどい臭いがしたことがあったって」

「ほんとか？」

「ああ、七十年前の〈呪われた夏〉と呼ばれる干ばつのときだ。でも、それは夏中雨が降らなかったせいで、少しずつ干上がったんだ。こんなふうに一夜にして変わったわけじゃない」

「じゃあ、何のせいなんだよ、これは！」

「わからない。とにかくサヴァンさまに知らせよう」

クワンはうなずき、二人は家に走りました。

二人が真珠屋敷に駆けつけると、すでに湾の人々が何人も来ていました。

「いったいどういうことなのか調べてくれ。これじゃ祭りどころじゃない」

「なんとかしてくれ、サヴァンさま」

口ぐちに訴える人々に、サヴァンは冷静かつ丁寧に応対していました。

「今、王宮にも連絡がいっているし、〈海竜商会〉の者も調べている。結果を待ってくれ」

「いつ原因がわかるんだ？　また漁はできるようになるのか？」

「教えてくれよ！」

混乱して好き勝手なことを言う大人たちに、クワンはだんだん腹が立ってきました。

(まだ何もわかってないのに、伯父貴一人に何ができるっていうんだよ!)

中には「湾の水を外に汲みだせばいい。早く人を集めてくれ」と言う人もいましたが、

(本当にそんなことできると思ってるのか?)

と、クワンは思いました。セオに小声でそう言うと、セオもうなずきました。

「そうだ。ここが外海だったら、この濁りはどんどん流れて薄くなるし、川が押し流す。だけど、出入り口が狭い湾では簡単に薄くならない。こうしている間にも、貝や魚が腐ってゆくぞ」

セオの言葉に、クワンはぞっとしました。優しい腕のような二つの岬に守られた海は、その形ゆえに、一度汚れてしまったらなかなか元に戻ることができないのです。

白く濁った水が、ようやく半透明になってきたのは三日後のことでした。しかし、それと同時に人々が見たものは、夥《おびただ》しい数の死んだ貝や魚の死骸と、さらに強くなった臭気と蝿《はえ》や羽虫の群れでした。

四　別離

海の異変が起きてから五日後、ようやく王宮から、湾の「異常」を調べるための調査団がやってきました。噂を聞いて浜辺で待っていた人々は、

「今ごろ来たのか。遅いぞ、この税金泥棒！」

「早く調べてくれよ！」

と罵り、調査団はむっとした顔を隠しませんでした。

「後は我々に任せて、ここからは立ち入らぬように」

縄を張った調査団の長《おさ》は、「あなたにも話をお聞きしたい」とサヴァンを名指ししました。

「私に？」

「ええ。よろしいですかな？」

「もちろんです。この数日の海の様子は記録してありますので、それもお見せしましょう。どうぞ」

王宮からやってきた調査団の長が真珠屋敷に向かうのを、湾の人々は遠巻きに、うさんくさそうな目で見ていました。

「ふん。あいつらにわかるもんか」

「海のことなら、俺たちのほうがよく知ってるんだ」

そうは言っても、今までになかった事態を目の前にして、人々はなすすべもなく、黙って結果を待つしかありませんでした。

サヴァンは長を丁寧に招き入れ、「税金泥棒」などと言った人々のことを詫びました。

「みな、わけのわからない状態に気が立っているのです。どうか、お気を悪くされないよう、なにとぞよろしくお願いいたします」

「――気にしてなぞいませんよ。我々は王に任命された正式で公平な調査団ですからな」

長はそう言うと、サヴァンの出した書類を手に取りました。それはあの日から、サヴァンが心身を削って歩き回り、人々から聞き書きした、湾の状態の細かな記録でした。

「ふむ、なるほど。この家の井戸や、池に異常はなかったと」

「はい。しかし、この地図についた印を見てください。河口のすぐ近くの家では、井戸水を飲んだ者や、それを使って調理した者が、腹痛や下痢《げり》を訴えています。おそらく、川の水が土にしみこみ、地中で井戸の水に混じったのでしょう」

「なるほど。この資料はお借りしてもよろしいですかな？」

「どうぞ。早く原因を突き止めてください。協力は惜しみません」

長は頭を下げ、その地図やサヴァンが身を粉にして調べた資料を持ち帰りました。

その様子を見たクワンは、なぜか不安を感じました。一刻も早く元の海に戻してくれ、と焦る湾の人々の必死な表情と、どこか他人事のような調査団の態度には、あまりに落差があったからです。

「伯父貴……」

書斎の入り口から遠慮がちに声をかけたクワンに、サヴァンは疲れた笑みを見せました。

「どうした、クワン？」

「大丈夫かな。あの人たち、ちゃんと調べてくれるかな……」

「子どもがそんな心配する必要はない」

「もう子どもじゃない！」

クワンは怒りを爆発させました。この数日間、わけのわからない事件が起こり、人々は疑心暗鬼になり、友人たちはばらばらになりました。ある者は家族といっしょに湾を去り、またある者は親に何を言われたのか、クワンと顔を合わせると急に逃げるようになりました。何より、異臭というより死臭の漂う海を毎日目にするのが、生まれたときから海で過ごしてきたクワンには、辛くてたまりませんでした。

「この期に及んで、何言ってんだよ。もう、大人だとか子どもだとか言ってるときじゃないだろ。俺だって何が起きてるのか知りたいんだよ。何だってこんなひどいことが……」

「クワン……」

怒ると思った伯父は、まるで幼いリアンにするようにクワンの頭をくしゃっとなでました。クワンはその手を振り払い、無言で自分の部屋に戻りました。

二日後、王宮の調査団は「明日の正午に重大な発表がある。必ずどの家の者も一人は来て聞くように」と、湾のあちこちで告げて回りました。

（なんだろう。やっと原因がわかったのか？）

だったら協力した伯父には早めに知らせてくれたっていいのに、とクワンは思いました。次の日の昼前、出かける支度をしていたサヴァンに、クワンは「俺もいっしょに行く」と言いましたが、三日ぶりに自分から声をかけてきた甥に、サヴァンは首を振りました。

「おまえは残れ」

「どうして？」

「母さんとリアンを頼んだ」

仕方なくクワンがうなずくと、サヴァンは笑って屋敷の門を出てゆきました。

「大丈夫かしら、兄さん……」

振り返ると、リアンを抱いた母が不安げな顔で立っていました。

「大丈夫だよ、母さん」

クワンは母にそう言うと、自分に手を伸ばしてくる妹の足を指先でくすぐりました。

「なあ、リアン」

きゃっきゃっとリアンが笑い、ようやく母の顔にも笑みが浮かびました。

広場には、調査団の長が何十人もの王兵たちを従えて立っていました。湾の人々のほとんどは、初めて見る物々しい兵士たちの姿に、「いったい何が発表されるんだ?」と不安げに顔を見合わせました。やがて正午を告げる鐘《かね》が鳴り響き、調査団の長は白い紙を広げると、声を張り上げ読み始めました。

「我が王宮調査団の調べた結果を伝える。このたびの湾の異変は、水質の変化によるものではない。新しい病による貝の大量の死滅、その死骸から出る液によるものだとわかった。よって、この病を根絶するため……」

驚いた人々は口ぐちに叫びました。

「貝の病だけで、湾が全部こんなになるかよ」

「ちゃんと調べたのか!」

しかし、調査団の長は人々の声を無視し、こう続けました。

「貝及びこの湾で獲れる魚介類を、完全に焼却する。そして、この地域は王命により封鎖される」

今度は王命という言葉に、人々は驚くより耳を疑いました。王命といえば、王だけが発し撤回することができる重い命令です。それがなぜ、と誰もが思いました。

「明日の夕刻までに、みな荷物をまとめて出てゆくように。もしこの命令に従わず、残った者は強制的に排除する――以上」

間髪を入れず、人々から怒声があがりました。

「何言ってんだ！」

「そんなこと聞けるか！」

兵士たちは人々を睨みつけ、長はさらにこう告げました。

「これは王の命令だ！　逆らう者は国への反逆者と見なすぞ！」

「待ってください」

人々の中から、サヴァンが進み出ました。その毅然とした態度に、人々はやや落ち着きを取り戻し、「サヴァンさま、言ってやってくださいよ」「そうだ。こんなのおかしい」と、声が飛びました。サヴァンは人々にうなずくと、長にこう言いました。

「あなたにお渡しした、この異変が起きてからの記録は読まれましたか？」

「無論だ」

「ならば、こんな『貝の病』などというでたらめな結論は出ないはずだ。この広い範囲の異変は、一つの生き物の病から出たものなどではない。だいたいそんな兆候はまるでなかった。この不自然な異変は人為的なもの、人の手によるもの。薬や毒の害を

毒という言葉に、人々はざわつき、「誰がそんなことを？」と顔を見合わせましたが、

「毒ではない。そんな痕跡はない！」

と、調査団の長は声を張り上げました。そして、

「異変は自然に発生したものである。毒などという事実無根の噂を流し、人心を乱す者は国と王への反逆者と見なすぞ。これは貝の病だ！」

長が手を挙げるとともに、兵士たちが広場に散ってゆきました。兵士たちは湾で育てられていた夜光貝や真珠貝を広場に集め、油をかけて火を放ちました。ごうごうと燃え盛る炎が、真珠貝の裏に反射して大きく揺れ、人々の怒りをあおりました。

「なんてこった……」

「十年かけてやっと作り上げた真珠が……！」

どこからか、一つの石つぶてが飛び、兵士の鎧に当たりました。それが合図のように、石の雨がばらばらと調査団と兵士に向かって降り注ぎました。

「こら、やめろ！　やめないか！」

兵士たちは石を投げた者を捕まえようと、人々を追いかけました。人々は逃げ、逃

げながらも石を投げ、捕らえられ、兵士たちに殴られ、蹴られました。捕まった人々の家族が兵士たちに詰め寄り、あたりに泣き声や叫び声や石が飛び交い、路上には夥しい血が流れました。

真夜中に門が開き、大勢の人が入ってくる気配で、クワンは目を覚ましました。

(伯父貴か?)

正午前に出かけたきり帰ってこないサヴァンを、クワンは母といっしょに待ちながら、いつのまにか居間で眠っていたのです。クワンは目をこすりながら庭に出てゆきました。そこで目にした光景は、クワンの眠気だけでなく、今までの人生を吹き飛ばすのに充分でした。

「伯父……貴?」

庭には、むしろが敷かれ、その端から二本の足が見えていました。片方しか靴を履いていないその足に、クワンは見覚えがありました。足の指が長く、特に人差し指が親指よりも長い足は、自分と同じものでした。

――おまえの死んだ祖父《じい》さんもこうだった。我が家の特徴だな。

そう言われた幼い日のことを思い出しながら、クワンはむしろの端をそっとめくりました。

そこに横たわっていたのは、変わり果てたサヴァンの姿でした。

「伯父貴！　なんで……いったい誰が、こんな……！」

「わかりません。石つぶてが飛び交う中に入って双方を止めようと……そのときに石が……」

使用人の言葉に、クワンはがっくりと両膝をつきました。サヴァンの手は冷たく、双眸と唇は固く閉じられていました。

「伯父貴……何か言ってくれよ……」

あんなに毎日口うるさかったくせに、別れのときは一言もなしなのかと思うと、クワンの目から涙があふれてきました。

「兄さん？」

震える声にはっとして振り返ると、青ざめた母が立っていました。「母さ……」と言いかけたクワンの前で、母の体がぐらりと崩れました。

「母さん！」

クワンは急いで立ち上がり、母の体を支えました。

次の日の朝、目覚めた母は、もう二度と取り乱すことはありませんでした。母はすぐに屋敷の使用人たちにきびきびと指示を出し、サヴァンの葬儀の手筈を整えました。葬儀といっても、サヴァンの交友関係の広さからすれば信じられないくらい簡素なものでしたが、数十名は集まってくれた湾の人々に対して、母はきっぱりと宣言しました。

「みなさん。今日は故人のためにお集まりいただいてありがとうございます。突然ですが、私は、この屋敷に残ります。ここに残って、兄の遺したものを受け継ぎたいと思います」

人々は困惑した顔を見合わせ、ぱちぱちとまばらな拍手が起こりました。その中で、一番強く、大きく手を叩いていたのはセオでした。

人々が帰ってゆく中で、シアとセオがクワンの傍にやってきました。シアの大きな目はまぶたが腫れ上がって細く赤い線のようで、いつものシアだとは思えないほどでした。

「シア。今日は、ありがとう。伯父貴のために……」

シアは首を振り、一瞬唇を噛みしめ、こう告げました。

「明日、父さんとセオと、ここを出るわ。親戚のところで世話になることに決まったの」

「そうか。よかったな」

クワンは本心から言いました。あてもなくどこかへ行くのではなく、迎えてくれる親戚がいる土地ならば安心だと思ったのです。

「俺は行かない」

「セオ？」

戸惑う姉を遮り、セオはクワンに言いました。

「ここで働かせてくれ。何でもするから！」

「何言ってんだよ。おまえが行かなかったら、シアがさびしがるだろ」

「姉さんは俺よりしっかりしてる。俺がいなくたって大丈夫さ」

それもそうだな、とクワンは思いましたが、

「向こうは男の子の働き手を期待してるのよ。あたしは歓迎されてないわ」

とシアは言いました。クワンはセオたちの親戚がどんな人間なのか、セオの父親がどんなことを言ったのかまったく知りませんでしたが、このひょろりとした親友が働き手として大歓迎されるとは思えず、一抹《いちまつ》の不安を感じました。

「クワン、元気でね」

「ああ。二人とも……」

クワンは言葉に詰まり、シアとセオもまた無言でクワンの手を握り、三人はしばらくそうしていました。やがて意を決したように、

「さよなら！」

という声とともにシアが手を離し、セオの手を取って歩き出しました。

「さよなら……」

屋敷の前の坂道を下りてゆく二人は、何度も振り返りながら、小さくなってゆきました。その後ろ姿は同じくらいの背丈で、なんだか双子のようだとクワンは思いました。

クワンが屋敷の中に入ると、母が使用人たちに告げていました。

「去りたい者は去りなさい。それぞれ事情が違うのですから、互いに責めずに。今は誰も経験したことのない状況です。みな自らの家族のことを一番に考えて、結論を出してください」

使用人たちは、しん、と静まり返りました。やがて、

「申し訳ありません」

「私も……」

「俺も……」

と、少しずつ部屋を出てゆきました。

残ったのはサヴァンが赤ん坊のころから世話をしていた乳母と、その夫の庭師だけでした。がらんとした部屋で、母はクワンに言いました。

「さあ、今日から私がこの屋敷の主よ。クワン、おまえは手伝ってね」

「手伝うって、何を?」

「何を? 出ていけと言われたって、行くあてのない人、動けない人がたくさんいるわ。その人たちの世話をするのよ。それが、この屋敷に生まれた者の使命です」

「はい……」

クワンはごくりと唾を飲みこみました。守ってくれる者がいなくなって初めて、クワンは自分の肩にかかる責任というものを感じていました。

五　残された兄妹

　それから、わずか一ヵ月あまりのことを、クワンはよく覚えていませんでした。シアもセオも、友人たちはみな去ってしまった湾で、母といっしょに朝早く起きては大量の米を炊き、竹の皮で包んで、残った人々を見回っては届けます。母は歩ける範囲を、クワンは馬で遠くの会ったこともない人々の家を訪ねました。サヴァンの残した地図には、一軒一軒の家に住んでいる人々の名前まで詳しく書いてあり、

「こんにちは。ソナさんの家ですか？」

　などと話しかけていきましたが、どの家でも歓迎されるとは限らず、王宮の兵と間違われて、

「帰れ！　俺は立ち退かないぞ！」

　と怒鳴られたり、水をかけられたりすることもありました。

自分の朝食もそこそこに家々を回ると、午後は書類の整理が待っています。回った家々で聞いたあの異変が起こった日のことや、その後の体調の変化を記録しておくのです。母はさらにそれを表にしたり、地図に書きこんだりして、王宮への陳情書を作っていました。

母にはまるで伯父貴が乗り移ったようだ、とクワンは思いました。しかし、気力だけではどうにもならないことがあります。慣れない仕事をする母の疲労の色は日に日に濃くなってゆきました。

母はサヴァンの死後、一手にその仕事を引き受け、使用人が減ったぶんの家事をこなし、幼いリアンの世話もしていました。

しかも、以前は夜一度も起きない子だったリアンが、最近一晩に何度も夜泣きし、そのたびに起きてあやさねばなりませんでした。

(あの菓子を食べてからだ。俺が見つけてきた、あの赤い箱の……)

それは湾が封鎖されてから何度かあった、匿名の差し入れでした。馬車の荷台いっぱいに積み上げられた米や野菜や果物や干した肉や魚の中に、宝石箱のように輝いていた箱を、クワンは真っ先に手に取りました。菓子など久々に見たので、リアンに食べさせたかったのです。周りでは、重い病気や年取った家族がいるため、湾を出られない家の子どもたちが、じっとクワンの抱えた箱を見ていました。

そんな子どもたちは誰も、クワンに何も言いませんでした。サヴァンが亡くなった後も、クワンの家が湾の実力者であることに変わりはなく、また体の大きなクワン自身にも逆らえない威圧感があったからです。

（いいよな。だって俺、毎日みんなのために走り回ってるんだから……）

クワンは他の子どもたちと目を合わせないよう、その箱を抱えると、走って家に持ち帰りました。

幼いリアンは、塗りのきれいな箱を見て大喜びでした。箱の中には、雪のように白い砂糖をまぶした菓子が入っていました。夕食前なので怒られると思い、クワンは厨房にいる母に隠れて、こっそりその一つをリアンに食べさせました。リアンは嬉しそうに菓子を飲みこみましたが、急にげふっという音とともに、口から白いものがあふれてきました。

「リアン！」

慌てたクワンの声に、母が厨房から飛んできました。

「リアン？　どうしたのリアン？　クワン、あなたいったい妹に何を食べさせたの！」

「ごめんなさい……母さん、ごめんなさい！」

リアンはその夜、高い熱を出しましたが、湾にはもう医師はおらず薬もありませんでした。

（しまった。きっと暑さで傷んでたんだ。人のことを考えない俺にバチが当たったんだ！）

何も言わなかった子どもたちの顔を思い出し、クワンは悔やみ、自分を呪いました。

そんな辛い日々が一月を過ぎたある日の朝、クワンが起きて居間へ行くと、卓に突っ伏して寝ていた母が顔を上げました。

「ああ、おはようクワン」

母の顔は土色でかさつき、目の下には隈《くま》がありました。決して派手ではないものの、いつもきれいに髪を結い、薄い白粉《おしろい》や紅は欠かさなかった母に、今はそんな余裕もありませんでした。

「ごめんなさい。今日は頭が痛くて、朝ご飯を作れそうにないわ。何か探して食べて」

「うん……」

クワンはふてくされながら厨房をあさりました。以前はたくさんの使用人がいて、いつも取れ立ての果物が籠に盛られ、何かしらの料理やその作りかけがあった厨房には、少しの米や乾燥させた海藻があるばかりで、すぐに食べられそうなものは見当りませんでした。

「何かって、何もないよ。母さん」

クワンは居間に向かって言いましたが、答えはありませんでした。

「ねえ、母さん」

涼しい風が吹きこむ部屋では、大きな籠の中にリアンが眠り、再び母が卓に伏せていました。こっちは腹がすいてるのに、とクワンは腹立たしくなりながら、母をゆすり起こそうとしました。しかし、クワンが肩に手を触れたとたん、母の体が揺れ、べしゃりとつぶれるように顔を横に打ちつけました。その動きと、血の気のないほおの色に、クワンは身震いしました。

(こんなに、疲れすぎてる母さんは嫌だ)

いったいいつまで、こんな生活が続くのだろうと思いました。

「ねえ、母さん。もうやめようよ。もう充分やったじゃないか、もういいじゃないか。俺たちに、伯父貴の代わりは無理だったんだよ」

サヴァンが亡くなってから、クワンは改めてその仕事がどれだけ大量で複雑だったのか理解しました。本業の真珠の研究と管理と売買に、〈商会〉の世話役、そして湾の人々から持ちこまれる厄介事《やっかいごと》の解決……それらは秘密を守らねばならないことも多く、家に決まった人間しか呼ばなかった理由がよくわかりました。

「母さん」

クワンはもう一度、母を呼びました。「ねえ、母さん？」

母は動きませんでした。クワンは自分の声が震えていることに気づきました。

「母……さん……」

それはクワンの、長い子どもの時間が終わった日でした。

ちょうどその日、湾は完全に王の兵士たちに包囲されました。

もはや数十人の人々しか残っていない集落を一万の兵士が取り囲み、松林の中に鉄の鎖が延々とめぐらされました。外からやってきて湾で魚や貝を仕入れていた商人たちは、鉄の鎖の前で立ちすくみ、「本当にもう中には入れないのですか？」と、兵士たちに抗議する者もいました。しかし、

「王が発表されたのだ。ここは、まもなく永久封鎖地区になる」

と言われ、諦《あきら》めるしかありませんでした。そして都や地元に戻った商人たちから、

「あの湾の生き物は死滅したそうだ。王命で永久封鎖地区にされ、もう誰も住んではいない」

という噂が、国中に広まってゆきました。

こうして、まだ人々が残っていた村を、訪れる者はなくなりました。

村の中にいた人々は、そんな状況を知りませんでした。

母の葬儀をすませ、がらんとした屋敷の中で、クワンは一人、サヴァンの書斎にいました。屋敷の中には、時折ぐずるリアンの声以外、風の吹き抜ける音がするばかりでした。

(どうして？　どうしてこんなことになったんだ？)

ほんの少し前までは、使用人たちや来客の声であふれていた家でした。何より張りのある声で指示を出す伯父の声と、優しい母の笑い声が響いていました。窓の外からは波の音や、大きな船の発着を告げるほら貝の音、物売りの声や荷車の音が聞こえました。

こんな日がくることを、クワンは考えたこともありませんでした。朝起きて粥をかきこみ、学校の授業をひやかしたら、夕暮れまで仲間たちと好きなだけ好きなことをする——そんな毎日が永遠とはいわなくても、大人になるまでずっと続くのだと思っていました。

（どうして！）

クワンは大きな机に突っ伏しました。古い大きな机には、たくさんの傷や墨の跡がありました。自分が生まれるずっと前から、伯父が勉強し本を読み食事をとり、さまざまな人々に手紙や嘆願書や注文書を書き、働いてきた机に、涙がしみこんでゆきました。

（俺はどうしたらいいんだ？　誰か教えてくれよ！）

しかし身内を次々と失い、セオを始めとする友人たちも去り、訪れる者もいなくなってしまった村で、クワンが相談できる人物は、もういませんでした。

そのころ、湾に「貴公子」の甥と姪が残っていることを知る〈海竜商会〉の人々は、ただ遠くから手をこまねいて見ていただけではありませんでした。しかし、その想いがクワンたちに届かなかったのには、二つの理由がありました。

一つは、湾の周りの包囲網が〈商会〉に対して特に厳しかったことです。まだ鉄の鎖で囲まれる前は、食料や薬を運んできた人々が、監視する兵士たちに止められても、

「そこは我々も承知のうえだ。これで見逃してくれよ」

と、銀貨の一枚も握らせれば出入りすることもできました。しかし、今ではそうもゆきません。あるとき、以前のように入ってゆこうとした〈商会〉の者が兵士たちに囲まれました。

「おい、なんの真似だ？　俺はただ中にいる人に食料を持ってきただけだぜ」

「おまえ、〈海竜商会〉の者だな」

「それがどうした？」

兵士は王家の紋がついた命令書を突き出しました。

「〈海竜商会〉は今回の災害について悪質な噂を流し、さらに住民を扇動して王に対する反逆行為を行った。即刻立ち去れ。逆らう者は捕らえるぞ」

「なんだと！　そんな横暴な話があるか。じゃあ、中にいる人たちは誰が助けるんだよ？」

「うるさい。帰れ！」

兵士たちともみ合った〈商会〉の者は即刻逮捕され、早くて丸一日、ひどい者は数日間牢に入れられました。中には何年も前のことまでさかのぼって罰金を払わされた者もいました。

もう一つは、〈商会〉の中で意見が分かれていたことでした。〈商会〉の十三人の幹部たちは、兄妹について何度も話し合いました。

「今は、あそこには行けない。しばらく様子を見よう」

「そうだな。まさか国王も、残った人間を兵糧攻め《ひょうろうぜ》にするようなことはあるまい」

幹部たちの「様子を見る」という決定に、サヴァンと親しかった六人の創立者たちは反対しました。

「そんなことがわかるか？　江南王《カンナムおう》は確かに温厚な性格だが、そのぶん、王妃や部下たちが勝手に動いているとも聞くぞ」

「強行突破して兄妹を救い出そう！」

幹部たちは、創立者たちの動きを警戒しました。

「あの六人が、何か画策しているらしいぞ」

「勝手に動かれては困る。たかが子ども二人を救うために、他の人間が捕まってしま

「何すんだよ！」

う」

「そうだ。ただでさえ、あの湾の事故によって、〈商会〉の経済的な打撃は大きかった。ここで人材まで失うわけにはいかん」

「六人を見張るのだ」

兄妹を何とかして助けようと考えていた六人は、急に何者かに見張られ、手紙が開封され、人に避けられるようになりました。もともと、厄介な組織を創った危険人物として王宮から監視されていた人々です。自分たちの仲間に見張られ、跡をつけられていても、それを王宮の役人に訴えるわけにはいきませんでした。〈商会〉の中には、誕生から二十年経っても影響力を持ち続ける創立者たちを煙たく思う者も少なくありませんでした。彼らはこれを機に、六人の力を弱めようと思ったのです。

そんな大人たちの事情を、クワンは後々まで知りませんでした。

六　竹の館

味方であるはずの〈海竜商会〉で内紛が起こり、誰の助けも便りもこない湾で、クワンはただリアンの相手をしながら日々を過ごしていました。

母が死んでから、家の中のことは乳母がやってくれましたが、気分が変わりやすいリアンの世話は乳母一人では大変だったからです。母を亡くしたリアンの夜泣きはさらに激しくなり、乳母と交代でもクワンはろくに眠ることができず、昼間も体がだるく、ぼうっとして過ごすことが多くなりました。

「こら、待てよ。待てったら」

その日も、むつきを汚しながら這っていこうとするリアンをやっと押さえて抱き上げたとき、部屋の戸口に見慣れぬ男が立っていました。今まで見たこともないほどい身なりの男でしたが、その細い目にはどこか人を値踏みするようなものがありました。

「クワンさまですね」

「誰だ？」

なぜ自分に「さま」なんてつけるんだ、とクワンは思いました。

「ヘスと申します。王宮から、お迎えに上がりました」

「王宮？　なんで俺が王宮に？」

「あなたが、王子だからです」

ついに自分は幻覚を見たり幻聴を聞くようになったりしたのか、とクワンは思いました。

（それならいっそ、それでいいか）

もう何も考えたくない、と思いました。

かつてのクワンなら、ヘスという男の言葉を笑い飛ばし、屋敷から追い出したでしょう。しかしサヴァンと母の死に打ちのめされ、慣れない生活に疲れ果て、弱ったクワンは敵味方を判断する力が鈍っていました。

「どうぞ、こちらへ。クワン王子」

クワンはリアンを抱いたまま、ヘスにふらふらとついてゆきました。クワンはその後十数年、ヘスについていったことを後悔するのですが、それは後の祭りでした。

すっかり人気《ひとけ》のなくなった集落の中を通り抜け、湾を一望できる場所まで来ると、大勢の兵士たちが長い鎖の向こうに立っていました。見たこともない、大きな馬車に乗るよう促され、クワンがリアンを先に乗せようとすると、それまでおとなしかったリアンが、急に嫌がり、泣いて暴れ出しました。

「リアン、どうしたんだ、リアン？」

そのとき、クワンははっとしました。

（この馬車に、乗っちゃいけない！）

なぜだかそんな気がしたのです。

「俺、やっぱり帰る」

急にそう言い出したクワンに、「なぜですか？」とヘスは眉をひそめました。

そんなことはクワンにもわかりませんでした。ただ釣り上げられた魚のようにじたばた暴れる妹を、とても馬車には乗せられないとも思いました。

「おやおや、おむずかりのご様子ですね。それでは、これをどうぞ」

ヘスは赤い小箱を差し出しました。宝石箱のような箱のふたを開くと、中にはまばゆい虹色の菓子が入っていました。菓子を見たリアンが一瞬泣き止み、手を伸ばしました。

（あの菓子の箱の赤い塗り……どこかで？）

クワンはなんだか嫌な気がしましたが、リアンの機嫌が悪いときに甘いものを与えて直すのは、自分もやっていることでした。案の定、一口でリアンは満足げなとろりとした目をしたかと思うと、倒れるように眠りこんでしまいました。小さな子は急に眠りにつくことがありますが、それにしても早すぎる、とクワンは思いました。

いぶかしげに箱を見るクワンに、ヘスはにっこり笑って言いました。

「王宮の菓子職人が作った、特別な菓子ですよ。あなたもお一ついかがですか？」

クワンは、透明な虹の滴を白砂糖で包んだような美しい菓子に手を伸ばしかけましたが、

「いや、いい」

と戻しました。「どうぞ遠慮なさらずに」と、何度か勧められましたが、そう言われるほど、美味しそうに見えた菓子になぜかクワンは食べる気が失《う》せてゆき、ヘスは残念そうに箱を仕舞いました。

「では、馬車のほうへ」

クワンは迷った末に、リアンを抱いて馬車に乗りました。自分が「王子」だなどと

信じる気もありませんでしたが、一時あの湾を離れて、どこかに行きたかったのです。

(いいんだ。嫌になったら、戻ってくればいいんだ)

クワンは根拠もなくそう思いました。ヘスと向かい合い、馬車に揺られているうちに、強い眠気が襲ってきました。クワンは膝に抱いたリアンを落とさないよう、必死に支えました。それが警戒しているように見えたのか、「大丈夫ですよ」と、ヘスは笑いました。

「あなたがハヌルさまの忠実な弟として、身分をわきまえて行動なさるなら、何も不自由することも、心配することもありません」

そんな言葉がぼんやりと聞こえましたが、クワンはまったく意味がわかりませんでした。

(ハヌル？　弟？　なんだそれ？)

不可解な疑問を抱いたまま、クワンは深い眠りに落ちていました。

「着きましたよ」

というヘスの声で目が覚めると、クワンはざわつく人の声や物音や、どこかで嗅いだことのあるさまざまなものの混じった匂いに気づきました。

（都だ）

まだ眠っているリアンを抱いて降りると、見渡す限り一面に、びっしりと花が咲き乱れていました。クワンは一瞬、死んだ人間が行くという天上の世界に来たのかと思いましたが、ヘスは深く頭を下げてこう言いました。

「ようこそ江南《カンナム》王宮へ。クワン王子さま。さあ、こちらへどうぞ」

うっそうとした竹の林を抜け、古い館にクワンは通されました。しばらく使われていなかったことは明らかな、カビ臭い閉めきった家の匂いがしました。

（なんなんだ、ここは……？）

茫然とするクワンにヘスは告げました。「日に二回、食事をお運びいたします。他に必要なものがあったら、その者にお言いつけください」

そして、こう付け加えました。

「ああ、そうそう。ここは後宮です。女人ばかりですので、あまり出歩かれませんように」

湾ではあんなににこやかだったヘスの顔から、笑みは消えていました。

うっそうとした竹の林に囲まれた古い小さな館の中に、クワンは妹と二人だけで残されました。黒い格子の向こうに、うすい緑の竹の葉が揺れています。風の音と竹の葉がすれ合う音や、鳥の声や人の話し声がしました。ここでは、海の音だけが聞こえませんでした。

隣の部屋に寝かせたリアンが昼寝から起きたのか、むずかる声が聞こえてきました。やがてそれは大きく甲高い泣き声となり、クワンは耳をふさぎました。その声はただの空腹や不快さではなく、自分のまったく知らない世界に連れてこられた不安と恐怖に満ちていましたが、それはクワンの心そのものでした。

クワンは大声で泣くリアンを抱き上げ、あやしながら館を出ました。

館の前には白い石を敷き詰めた小さな庭があり、敷地全体を大きな竹林が包んでいます。そして、その竹林の中を続く道を歩いてゆくと、目の前に巨大な庭園が広がっていました。さらにその庭園の向こうには、〈楽園〉と呼ばれるこの国の王の住み処《すか》が大きくそびえていました。

(なんで俺は、こんなところにいるんだろう?)

いくら考えても、クワンにはわかりませんでした。

「そう。クワンは着いたのね」

雪のように白い孔雀《くじやく》の羽根のすきまから、残念そうな顔が覗きました。

「はい、王妃さま」

クワンを王宮に案内した男——王妃の腹心の部下であるヘスは答えました。

「仕方ないわね。王さま自身が認め、大臣たちが王宮に引き取ると会議で決めてしまったのですもの。それに確かにおまえの言う通り、野《や》に放たれているほうが狂犬は危ないわ」

白い扇を閉じて、ミナ王妃はふーっとため息をつきました。その美貌から「江南の黒真珠」と呼ばれ、王に見初められる前は百人の求婚者がいたと噂された王妃は、今年で四十歳とは思えぬ艶《あで》やかさを保っていました。

「はい。今までは幸か不幸か、この王宮と敵対する〈海竜商会〉のもとにいましたが、その保護者たちが相次いで亡くなった現在、どんな者が後見人に名乗りを上げるかわかりません。かつての保護者サヴァンは思想的には問題があるものの、甥の王位継承権を主張するというようなことは一切なく、むしろ十五年間その存在を隠し通していました」

「ええ、まったく。私は見事に王に騙されたわ」

ミナ王妃の脳裏に、宝石商が首飾りを持って現れた日のことが蘇りました。〈愛する我が子へ〉と刻まれた細工から職人を探し出し、落とした少年を探しあて、ついに夫が秘密にしていた「二番目の王子」という存在を見つけ出したとき、王妃は驚愕《きょうがく》しました。

（この私が十五年間も騙されていたなんて！　しかも母親は〈海竜商会〉の娘ですって？）

それを知った日から、王妃は腸が煮えくり返るような毎日でした。しかし、なんということでしょう。その首飾りを贈られたという子どもの住む集落で貝の病が起こり、永久封鎖地区になったというではありませんか。

（貝の病だなんて恐ろしいこと……でもきっと天罰ね。邪《よこしま》な心を持った人間の住む場所に、天の災いが起こったのだわ）

夫の隠し子という理不尽な存在に苛立っていた王妃の心は、その出来事によって心地よく落ち着きました。今やすっかり余裕の微笑みを見せ、王妃はヘスに尋ねました。

「自分が王子だと聞かされて、クワンは驚いていた？」

「いいえ、それが私もいささか拍子抜けいたしましたが、なんの感慨もなく、かといってあの反骨者の集団〈海竜商会〉の中で育ったとは思えぬほど、なんの抵抗もありませんでした。事前に知っていたとは思えないのですが……」

「馬鹿なのかしら？」

「それはもう、幼少のころより帝王学を学ばれたハヌルさまには及ぶべくもございません」

王妃は優雅に笑いました。この二人には、突然日常の全てを奪われ、立て続けに肉親を亡くして、心身ともに疲れきった少年の感情が麻痺していることを思いやる気持ちなど、かけらもありませんでした。

「まあ、いいわ。愚者なりに余計なことを吹きこまれて邪なことを考えぬように、これからよく見張っておくように」

「はい。王妃さま」

王宮へ来て初めての夜は、リアンのいつにもまして激しい夜泣きもあって、クワンはほとんど眠ることができませんでした。憔悴《しょうすい》したクワンに朝食を運んできた侍女は、

「今日は、王さまへの謁見《えっけん》がございます」

と、淡々と告げました。

「はい。朝食がすみましたら、ご用意した装束に着替えてお待ちください。のちほどお迎えに上がります」

「謁見？」

ぼろぼろと食べこぼすリアンになんとか食事をさせ、クワンは慣れない宮廷の服に着替えました。礼服はリアンの分も用意されていましたが、飾りの多い衣をむずかって脱ごうとします。無理やり着せているうちに迎えが来てしまい、大声で泣きわめくリアンを抱いて外へ出ると、侍女は何も言わず歩き出しました。

後宮の庭の中を通ってゆくと、あちこちで散歩中の姫君や、その侍女たちが遠くから兄妹を見ていました。ひそひそと話す女たちの視線に、クワンは恥ずかしくなりました。子どものころから何かと目立つのは慣れていましたが、こんなに上品な冷笑を向けられたのは初めてだったのです。

「あら、まあ！」

という侍女の声に、クワンははっとして立ち止まりました。リアンの衣の裾が濡れているのです。侍女は大きくため息をつき、遠くからいくつもの笑い声が聞こえました。

（ここには、こんなに女たちがいるのに、誰もリアンの世話をしてくれない）

クワンは、改めて自分たちがどんな場所にいるのか思い知らされました。

「……着替えを、させてくる」

それだけ絞り出すように言うと、クワンはリアンを抱いて〈竹の館〉に走りました。

仕方なく普通の衣に着替えさせたリアンを連れ、謁見の間に着いたクワンは王を待ちました。急いで着せたリアンの帯はほどけ、ずるずると衣を引きずり始めました。

「こら、じっとしてろ」

帯を結び直そうとするクワンの耳に、複数の人の足音と衣擦《きぬず》れの音が聞こえました。クワンが頭を上げると、そこには見たこともないほど豪華な衣装に身を包んだ人々が立っていました。

ふくよかな初老の男と女、そして自分より少し年上らしき若い男でした。

三人はクワンたちを見下ろす台座の椅子に座ると、中央の恰幅のいい男が尋ねました。

「クワンか？」

人が良さそうだとは思いましたが、懐かしさや親しみは湧いてきませんでした。

「そっちはリアンだな？」

クワンは男に何と言ったらよいかわからず、ただ「はい」と答えてうなずきました。

「そうか……。クワン、紹介しよう。私の妃ミナと、息子のハヌル。おまえの兄だ」

王妃とハヌル王子は顔を見合わせ、再びクワンに目を向けました。クワンはハヌルのひょろりとした体と色の白い顔を見て、

(なんだ、こいつ？　勝負したら十数《とお》えるのもかからないな)

と見切りました。湾では、兄弟といえば兄弟喧嘩をするものだったからです。

そんなクワンに、王は咳払いしました。

「おまえは、どう思うかわからぬが、王宮では王と子が同じ棟で暮らすことはない」

それは何やら言い訳がましく、どうやら自分といっしょに住めないことを恨むなと言っているようでした。クワンは、身分のある親子というのは別々に暮らすものだと聞いたことがあったので、なぜ王がわざわざそんなことを言うのだろうと思いました。

「ここで暮らすのに、困ったことがあれば、何なりと申すがいい」

「では、リアンのことですが……」

とクワンが言いかけたとき、リアンが突然悲鳴に近い声をあげて泣き出しました。

クワンは慌てて抱き上げ、あやしましたが、リアンはなかなか泣き止みませんでした。

（どうしたんだ。いくら知らない大人が多いからって……。ここに来てからおかし

い）

リアンを抱いたクワンが台座の三人を見ると、王は困惑し、ハヌル王子はリアンを凝視し、王妃は顔を白い扇でおおいながら、あきらかに不快な表情を浮かべていました。

「クワン」と、王が不憫そうに言いました。

「おまえの年で、リアンのような子どもの面倒を見るのは大変だろう。いっそ、どこかに預けてしまっては……」

「いいえ！」

クワンは強く首を振りました。

「リアンと離れるのは嫌です。だから、リアンのことを見てくれる者を置いてほしいと、頼むつもりだったのです」

「あ、ああ……そうか」

クワンの答えに、王妃やハヌル王子も驚いたように顔を見合わせました。

「リアンの世話は、伯父の家で働いていた夫婦に頼みたいと思います」

それは屋敷に最後まで残ってくれたサヴァンの乳母と庭師の夫婦で、「私たちは他に行くところもありませんから、ずっと働かせてください」と言われていたのでした。

「いいだろう。好きにするがいい」

王は会ったばかりの息子にまだ何か言いたげでした。しかし、

「話はすんだようですね。では、参りましょうか」

と王妃が立ち上がると、ハヌル王子とともに王もまた行ってしまいました。

リアンを抱いて館に帰ったクワンは、ぐったりと疲れていました。リアンもまた疲れたのか眠ってしまい、「なんだよ。寝るなら、さっき眠ってくれればよかったのに……」と呟いたクワンの目から、こらえていた涙があふれました。

(あれが、あれが父さんだった……!)

父の目には、いくぶんの憐れみと哀しみがありましたが、あの侍女たちと同じように、その手でリアンを抱き上げることはありませんでした。

それはクワンの心に、拭い去れない不信感を残すことになりました。

一年中、香しい花が咲き乱れ、池にはさまざまな色や形の金魚が泳ぎ、宝石のような鳥が飛ぶ、南国の美しい植物や生き物を集めた〈楽園〉は、その名の通り、何もかも満ち足りているように見えました。しかし、それは〈楽園〉で歓迎される者、〈楽園〉での生活を望む者だけのことだと、クワンにはすぐわかりました。

なじみ深い乳母と庭師を呼び寄せたことで、クワンの生活と心持ちはいくらか楽になりました。見慣れぬ侍女はリアンが嫌がるので断り、乳母が厨房に食材を取りにゆき、館の台所で食事を作ってくれるようになりました。しかし二人が来て一月《ひとつき》が過ぎたころ、乳母が、

「今日、食材を取りにいきましたら、こんなものを王子にお渡しするようにと……」

と、クワンに封書を差し出しました。そこには一ヵ月分の食材の請求書が入っていました。

（そうか。ここで暮らすことはタダじゃないのか）

心配そうな乳母に、

「大丈夫だ。ちゃんと金はある。もちろん、おまえたちの給金もだ」

と答え、クワンは部屋の奥へ行きました。そこには湾の屋敷から運ばせた、いくつもの船箪笥《ふなだんす》が積まれていました。「棟梁」とその弟子が作った、海に落ちても水が入

らないといわれる精巧な箪笥で、それらには全て鍵がかかっていました。これらをこの館に運ばせたとき、何者かがこじあけようとした跡がありましたが、中はまったく荒らされていませんでした。

(よかった。普通の箪笥だったら、どうなっていたかわからないな)

生前のサヴァンから「私に何かあったら、この鍵を使うように」と渡されていた鍵で箪笥を開けると、中にはぎっしりと金細工や大粒の真珠や宝石、そして金子《きんす》が入っていました。その中から言われた金額を袋に入れて乳母に渡すと、クワンはふと思いました。

(他の王族もこうやって、王宮に金を払って生活しているんだろうか?)

それを聞く相手もなく、まだまだ箪笥の中には余裕があり、クワンはそんな疑問をあえて深く考えませんでした。実は王族はみな民から集めた税で暮らしていましたが、クワンだけは、

「急に『王子です』『王女です』と現れた者を血税で養うなど、民が納得するものですか」

という王妃の一声に、後宮の会計係が勝手に請求していたのです。

しかしそんなことはクワンも、そして面倒なことには関わりたくないという父王も

まったく知りませんでした。

ミナ王妃のなにげない呟きは、さまざまなことに影を落としていました。

例えば王子となったクワンは、帝王学を学ばされることになりましたが、それは形だけのものでした。次男であるクワンが王になるということは、長男のハヌル王子に王位を継げなくなる事故や病などが起こることが前提のため、

「そんなことがあるわけがないでしょう！」

というミナ王妃の逆鱗に触れぬよう配慮されたのです。

歴史や地理、経済、政治といったいくつかの授業を受けたクワンは、その教師たちの教え方に、半時《はんとき》も習わないうちに失望しました。教える者を見下し、それでいてクワンが質問するとしどろもどろになったり、「そんなことは知らなくてもけっこうです」と高圧的になる態度に、知識の浅さが透けて見えました。

サヴァンがいかに自分のために優秀な選び抜いた教師をつけてくれていたのか、なぜセオがいつも「もったいない」と嘆いていたのか、クワンは初めてわかりました。

唯一クワンが満足したのは、武道と馬術の稽古《けいこ》でした。それらはどちらも湾ではできなかった本格的で専門的なものだったからです。

また格闘でも剣術でも、教師はクワンの並外れた才能と、砂浜で鍛えられた強靭な

足腰や体力を認めないわけにはゆきませんでした。

武道の教師に「ぜひ新兵たちの訓練にご参加を」と乞われて顔を出したクワンは、

「王子といったって、どこの馬の骨だか」

「こんなガキに何ができる？」

という視線を、一瞬にして変えてしまいました。また剣術では、新兵たちの特別な講師として来ていたテジク大臣に声をかけられて手合わせをし、一本も取れなかったものの、見ていた人々を感嘆させました。

クワンは知りませんでしたが、テジク大臣は若いころ、江南一と言われた豪傑で、その大臣と十五歳で互角にやりあう若者など、誰も見たことがなかったのです。こうしてクワンには、

「あの王子、机に向かう勉強のほうはさっぱりらしいが、武術の腕のほうはなかなかだ」

という評判が立ちました。その噂はミナ王妃の耳にも入りましたが、「ようするに、頭はからっぽ。力だけの馬鹿ということね」と、大いに安心させました。

(私のハヌルは、この国を動かす者。あの子はその手足。それがふさわしいのよ)

しかし、ミナ王妃は知りませんでした。

「いかがでした。あのクワン王子とやらは？」

と、他の家臣に聞かれたテジク大臣が、「あなどれませんよ」と答えていたことを。

「私の手を瞬時に覚え、次々と新しい手を打ってくる。あれは頭が悪くてはできない」

テジク大臣は、密かにクワン王子に好意を持ちましたが、それを本人に伝えるのは、それから何年も後のことでした。

こうして始まった「籠の鳥」の生活の中で、クワンの唯一の希望はリアンでした。

「大きくなったなあ」

「ええ、もう。大きくなりすぎて、抱き上げるのも大変ですよ」

リアンはうるんだ大きな黒い瞳が、母にそっくりでした。甘いものが大好きで虫歯が多いことを除けば、リアンは同じ年の子どもよりも体が大きく、健康に育っているものだとクワンは思っていました。

しかし王宮に来てしばらくして、たまたま庭園でリアンと同じ二歳になる二の妃の姫がはきはきと喋《しゃべ》っているのを見て、クワンはふと不安になりました。

（もしかして、リアンはただ体が大きいんじゃなくて、本当は立ったり喋ったりする年なのに、まだ赤ん坊みたいなのか？）

それともあの姫が特別に成長の早い子どもなのか……クワンは悩んだ末に、王宮でいつも幼い姫たちを診《み》ている医師を〈竹の館〉に呼びました。

医師はリアンを診て、いくつかの質問をし、クワンや乳母に普段の様子を尋ねると、言いにくそうにこう告げました。

「これは普通のお子さまより、成長が遅れていると思われます」

クワンの頭の中は、波が岩にぶつかってはじけたように真っ白になりました。

「なんで……そんなに簡単に言う？　これからどうなるかわからないじゃないか！」

「では、なぜ私をお呼びになったのです？」

言い返せないクワンに、「失礼いたします」と言い残し、医師は退出しました。

（王が、『リアンのような子ども』と言ったのは、このせいだったのか……）

自分以外の人間には、リアンの遅れが、そんなにはっきりわかるものだったのかと思うと、クワンは愕然《がくぜん》としました。

クワンはすぐに王宮の他の医師を呼びました。その医師に同じ診断を受けると、次は高名な都の医師たちやさらに地方で有名な医師たちも呼びました。

しかしどんな医師たちもリアンを診た結果は、全て同じでした。

クワンは高価な品々を売り払い莫大な費用をかけて、沙維《サイ》や巨山《コザン》など遠方からも、著名な医師たちを呼びよせました。けれど彼らの答えもまた、江南の医師たちと異なるものではありませんでした。

クワンは、すっかり空になった船簞笥の前に座りこみました。

サヴァンが残した大量の財産は、底を尽きかけていました。今月、厨房に食材の代金を払い、乳母と庭師に給金を渡したら、もう残りはありません。

（これから、どうやって生きていったらいいんだ？）

クワンはふらふらと立ち上がり、街へ出ました。誰かに相談したくても、王宮に来て二ヵ月の間、乳母や庭師以外にわずかに言葉を交わしたのは、数人の武道の教師と、あのテジク大臣だけでした。

（あの人に相談してみようか……）

しかし自分の農園や茶畑を持つ多忙な大臣は、いつも王宮にいるわけでもなく、手紙を出そうにも住所もわかりません。

生まれたときから十五まで、ずっと使用人に囲まれて暮らしていたクワンは、知らないことをどうやって調べ、人に尋ねたらいいのかわかりませんでした。あの都へ遊びにきた日以外、見知らぬ場所へ一人で行ったこともなかったのです。

(俺って、本当に何もできない人間なんだな。自分で働いたこともない。せっかく伯父貴が残してくれた財産を、ただ食いつぶしただけなんだ……)

もしも、躍起になってリアンの「治療」に使わなければ、十年は暮らせたと思える財産です。クワンは目をそむけていた事実を認めなければなりませんでした。クワンは途中から、リアンの診断が誰に診せても同じではないかと、うすうす気づいていたのです。

(でも俺は信じていたかった。いつかリアンと、母さんや伯父貴や、あの湾の話ができるようになると……。そのために何かしていると思いたかったんだ)

けれど、今はそのリアンが食べるものを買うことすらできなくなりました。王宮の周りは都の中心部でしたが、クワンの足は自然に港のほうへと向かっていました。

(このまま、どこかへ行っちまおうか……)

懐かしい海の匂いに包まれ、港を行き交うたくさんの船を見ながらクワンは思いました。

(そうしたところで、誰が困る? あの王妃は大喜びだ。王だって、もう一人息子がいるんだ。もともと隠してた息子が消えて困ることはないさ。乳母や庭師は手に職が

あるから、王宮を出ても食べていける。リアンだって、きっと飢え死にするようなことはないさ）

しかしあの完璧に美しい〈楽園〉で、明らかに異質である妹がどんな扱いを受けるのか――それを想うと、クワンはやはり自分一人だけ逃げることなどできませんでした。

夕暮れの港の角《すみ》に座りこみ、クワンは何艘もの船が出てゆくのを見送りました。

（そろそろ、帰らなきゃな……）

重い気持ちで腰を上げ、せめてあと少しだけと、クワンは初めて居酒屋で一杯の酒を注文しました。それを飲みかけたクワンの耳に、こんな会話が聞こえてきました。

「へえ、そんなにいいのかい？」

「ああ、最近評判なんだ。姉のほうは十六、七。弟のほうは十四、五かな。弟の笛はシロウトだが、姉のほうは器量もいいし、なんかこう、人を引きつける華があるんだ」

「そりゃ、見てみたいね」

「今日は西の市《いち》で踊るらしい。行ってみようぜ」

クワンは急いで、店を出る男たちの後を追いました。

（姉と弟……踊りと笛……まさか？）

しかし西の市を目の前にして、「弟は目が見えないんだって。そんなのを抱えて、姉のほうは大変だなあ」という一言に、クワンの足は止まりました。

（違う……戻ろう）

クワンは王宮に戻ろうと思いましたが、姉弟はなかなかの評判らしく、何人もの人々が急ぎ足で追い越してゆきます。

「もうそろそろ始まるぞ」

「美人なんだってな。シアって娘は」

その名を聞いたとたん、クワンの足は再び西の市に向かって走り出していました。

七　再会

西の市の、ごみごみとした露店が並ぶ中に、人々が入ってゆく大きな食堂がありました。

中に入ると店の卓と椅子は壁に寄せられ、真ん中に大きく空間がとってあります。やがて笛の音が聞こえ、クワンはその哀切な音色に身震いしました。それはまぎれもなく、あの海辺で聞いたセオの笛でした。

しかし、その音を辿った先にいたのは、見覚えのない友の姿でした。垢ではりついた髪の下に閉じられた目は開くことはなく、ほおはへこみ、唇は白くかさつき、破れた衣から出た手足は痩せ細り、肌が荒れているのが遠目にもわかります。

（セオ？　何があったんだ、セオ！）

親戚に引き取られたはずではなかったのか、とクワンは声にならない声で問いかけました。そのとき、周りの男たちから歓声があがり、空間に白いものがふわりと飛び出しました。

（シア！）

それは弟に比べれば、まだ見覚えのある姉の姿でした。

砂浜で鍛えられた形のいい足が勢いよく床を蹴り上げる高い跳躍に、風に揺れる竹のようなしなやかな体、水辺の柳のようにやわらかな手の動き……何もかも変わっていないどころか、その踊りは以前にもまして大きく人を引きつけるものでした。海辺の日々を思い出し、懐かしさにクワンの胸は熱くなりましたが、見ているうちに、その気持ちは変わってゆきました。最初こそ切れのあったシアの動きは、すぐに鈍くなり、息が乱れているのがわかったのです。

（シア？）

そして舞そのものにも力がなくなってきたシアは、衣をぱっと一枚脱ぎ捨てました。剝き出しになった薄い肩や背中から透ける骨に、クワンはぞっとしましたが、人々の歓声は高まり、蠱惑的な動きで舞の粗さを隠しながらシアは踊り終えました。

笛の音が止み、姉弟のもとには、たくさんの銀貨や銅貨が投げられました。

シアはにっこり笑ってそれらを拾い集め、セオの手を取って店から出てゆきました。シアに手を引かれながら、手探りで歩いてゆくセオの目には、クワンも何も見えてはいませんでした。

騒がしい店の音を遠くに聞きながら、姉と弟は月の下を歩いてゆきました。いつもの小さな橋の下に着くと、シアは弟の掌《てのひら》に自分の手にあったものを握らせました。

「これ、わかる？　金貨よ。誰か知らないけど、今日は気前のいい客がいたらしいわ」

「……危ないよ、姉さん」

「わかってる。すぐには使わないわよ」

シアはそう言って、金貨を小さな袋に仕舞い、胸に巻きつけた布の下に挟みこみました。

前にも一度、こんなふうに金貨をたくさん投げてくれる優しそうな客がいました。けれどその客の目的はシアを自分の家に囲うことで、二人はお金を全部返したために、手持ちがすっかりなくなって、二日間水だけで過ごさねばならなかったのでした。

「さあ、食べよう」

シアは厨房の裏でもらった焦げた魚をセオに渡しましたが、セオはそれを半分返しました。

「姉さん、もっと食べなよ。踊るとお腹がすくだろう」

「だめよ。あんた、そんなことを言って食べないから、目が悪くなったんじゃない。栄養のあるものを食べれば、またすぐ見えるようになるんでしょ？」

「うん。たぶんね」

セオは自分の目が悪くなったのは、栄養不足による夜盲症《やもうしょう》だとわかっていました。でも、今の自分たちが食べてゆくには、姉の舞に頼るしかありません。

二人は互いに、「もっと食べなよ」「そっちこそ」と譲り合いながら、同じだけお腹をすかせて眠りました。しかし、

(姉さん一人なら、もっと楽なんだ。俺の下手な笛じゃなくたって踊れるんだから。俺が足手まといになってるんだ)

と暗い気持ちで眠りについたセオと反対に、シアはなぜかいつもより明るい心持ちでした。

(今日はあんまり嫌な客はいなかったわ。ううん、いたかもしれないけど、気にならなかった。むしろ、なんだか見守られてるような気がした……)

　自分たちのことを知ってる人がいたのだろうか、と思いました。シアは客席の一番後方にいた背の高い男が気になったのですが、店が暗かったため顔はよく見えませんでした。

(あの立ち方、腕の組み方、あの人にそっくりだった。でも、まさかね。あの人があんな店に来るはずないわ。だって、あの人は本当の王子さまだったんだもの……。もう、あたしたちには手の届かないところ、あの月より遠いところにいるんだもの)

　見上げた月は昔と何も変わらず、淡い光が川面《かわも》を照らしていました。

　橋の下で眠りかけたシアは、人の気配とぼそぼそと喋る声で目を覚ましました。

「いたぞ」

「弟はいい。姉のほうだ」

　シアが飛び起きると、見知らぬ二人組の男が自分たちを見下ろして立っていました。

「やっぱりそういうことだったの？」

　シアは落胆しつつ、男たちを睨みつけながら立ち上がりました。

「金貨は返すわ。だから、あんたたちも帰って」

「金貨？　なんのことだ？」

男たちは顔を見合わせ、シアは「えっ？」と思いました。

「金貨をなげたのは、あんたたちの雇《やと》い主《ぬし》じゃないの？」

「さあな。とにかく、俺たちは連れてこいって言われてるだけなんだ。一晩つきあったら、それなりの報酬は払うってよ」

「放してよ！」

男たちがシアを無理やり連れてゆこうとしたとき、もみあう三人の頭上から、どさりと何かが落ちてきました。橋の上から飛び下りた男は、着地するかしないかのうちに二人を蹴り倒し、二人はうめきながら河原に這いつくばりました。

「大丈夫か、シア？」

橋の陰から月明かりの下に出てきたその姿に、シアは思わず息をのみました。

「クワン！」

シアはクワンに駆け寄りましたが、はっとして体を離し後退りしました。

「シア？」

「だめじゃない。王子さまが、こんな時間に、こんなところに来たら……」

「俺は王子なんかじゃない」

「ううん、みんな知ってるわ。王さまが隠していた次男が見つかったって。名前は、クワン（光）」

「…………」

「あなたは本当の王子さまよ。あたしたちとは違う、王宮に住む人よ。帰ってちょうだい」

シアは精いっぱい微笑みましたが、クワンは子どものように首を振って叫びました。

「嫌だ！　もう嫌なんだ、あんなところ！」

「クワン？」

シアは、自分たちとはまったく違う立場であるはずのクワンの目に、涙が浮かんでいるのを見ました。そしてクワンの声で目を覚ましたセオが起き上がり、姉に尋ねました。

「姉さん、誰かいるの？」

「俺だ」

シアが答えるよりも早く、クワンがセオの手をつかみ、ぐいっと引き寄せました。

一瞬怯《おび》えて身を引こうとするセオを抱きしめながら、クワンは呟きました。

「行こう。王宮へ」

「クワン……？　本当に、クワンなのか？」

クワンはうなずき、きっぱりと言いました。

「おまえたちはこれから、俺と暮らすんだ」

自分には知られたくない事情があるのではないかと声をかけるのをためらっていたクワンはもはや迷うことなく、二人を〈竹の館〉に連れ帰りました。そしてありったけの食べ物と着替えを出し、二人に聞きました。

「いったいどうしてあんな暮らしをしていたんだ。親戚のところに行ったはずだろ？」

「その親戚の人たちと父さんうまくいかなくて……」シアが言いにくそうに答えました。「ほら、ああいう人だから」

クワンはため息をつきました。故郷を失い、子ども二人を抱えて一から暮らしをやり直すことになっても、人間は変わらないものなのかと思いました。

「それに俺も、向こうが期待してたような働き手じゃなかったしな」

「親戚も、周りの目も冷たいし、あたしたち居づらくなって……」

シアの言葉に、セオが付け足しました。

「あの湾は、病が起きたうえに、王命に逆らった反逆者たちの巣窟だと思われているからさ。一度、姉さんに縁談の話もあったんだけど……」

「セオ、言わないで」

シアが止めるのも聞かず、セオは続けました。

「その地区一番の金持ちの三男坊だったよ。でも、親が反対したんだ。あの湾の女と結婚したら病気の子が生まれるって」

「なんだって？」

クワンは思わず立ち上がりました。

「そんなこと言うバカども、俺が張り倒してやる！」

二人はぽかんとしてクワンを見上げ、やがてシアが吹き出しました。

「もう、クワンたら。変わってないんだから」

「こんなお上品な場所にいるのにな」

「だってクワンはもともと『王子』なんだもの。だから、どこにいたって変わらないのよ」

「ああ、そうか」

くすくすと笑う二人に、クワンは拍子抜けして言いました。

「なんだよ二人とも。怒った俺が馬鹿みたいじゃないかよ」

「ううん……。クワン、嬉しい。ありがとう」

〈竹の館〉には久しぶりに笑い声が響きましたが、その外では大騒ぎでした。「クワンが物乞いの姉弟を連れてきた」という噂は、あっというまに広まっていたのです。

「ねえ、聞いた？　場末の踊り子と、病気の芸人を連れてきたんですってよ」

「いやだ、なんの病気なのかしら？　いったい何を考えているの？」

そんな声はやがて、洗い物などをするシアの耳にも入ってきました。

勘のよいシアと、賢いセオはすぐに気づきました。クワンは自分たちが思っていたようないい暮らしどころか、あの湾にいたころより、ずっと窮屈で不自由な生活を強いられていたのです。「ここが今の俺の家だ」と、クワンに初めて案内されたとき、シアは自分の目が信じられませんでした。竹林に囲まれてひっそりと建つ屋敷は古く暗く、華やかな王宮の中では、まるで座敷牢のようでした。

（本当に、王子だと認められているの？）

クワンの留守中、シアはセオに周囲の状況を説明し、疑問をぶつけました。

「どうして、こんな扱いをされてるの？　クワンを王子だと認めたくないなら、ほっておけばいいのに」

「それじゃダメなのさ。王妃と第一王子につく側の人間は、きっとこう思っている。クワンを外にほっておいたら何をするかわからない。クワンにその気はなくても、〈海竜商会〉や、王宮に反する勢力が担ぎ上げないとも限らない。だから、手元に置きたいのさ。でも決して、ハヌル王子を脅かす勢力にならないよう羽根は切っておくんだ」

「ひどい……」

やがてシアは、クワンが行動だけでなく、経済的にも不自由なことを知って愕然としました。

(王子のクワンがお金に困ってるなんて!)

シアはすぐに乳母夫婦に断って王宮を出ると、なけなしのお金を持って市場に向かいました。魚の匂いや、人々のうるさいほどの声に、シアは心底ほっとしながら、市場でいくつかの食材を買って王宮に戻りました。そして乳母に借りた小鍋でそれらを煮ていると、

「懐かしい匂いだ。なんだ、これは?」

と、奥から出てきたクワンが言いました。シアが岩場に張りつくカメの手のような

貝と海藻を煮た汁だと言うと、「ああ、そうだったのか」と、クワンは嬉しそうに言いました。それは、あの湾の家々でよく作られていた、何も漁の獲物がないときの料理でした。「懐かしい」とは言っても、クワンはおそらく家々から流れる匂いを嗅いだことがあるだけで、食べたことなどあるわけがありません。そんな粗末な料理を喜んでかきこむクワンを見て、シアは必死で涙をこらえました。

その夜、シアは隣で眠る弟に、小声で言いました。

「セオ、起きてる?」

「起きてるよ姉さん」

「私たち、ここにいちゃいけないわ」

「うん。俺もそう思う」

セオは、姉の言いたいことがわかっていました。というより、同じことを考えていたのです。ただでさえ苦労しているクワンの立場を、自分たちがさらに悪くしてはいけないと。

「目はどう?」

「だいぶよくなってきたよ。クワンが医者に診せてくれたし、いろいろ食べられるようになったからね。まだ夜は見えにくいけど、昼間はほとんど昔と同じように見える」

「じゃあ、出ていくなら昼間ね」

「ああ。夜の王宮は、警備が厳しくなるからね。昼のほうがいい」

「なにが、昼なんだ？」

はっとする二人の前に、クワンが立っていました。

「馬鹿野郎！　何考えてんだよ！　俺はおまえたちがいないとだめなんだ。出ていくなんて許さないからな！」

そう言うなり、クワンは外へ出て井戸の水を汲むと、頭からかぶりました。

「何してるんだ、クワンは？」

水音に驚いたセオはシアに尋ねました。

「今、髪を拭いて束ねたわ。それから戻ってきて……船箪笥から、すごくきれいな衣装を取り出して着替えてる。出かけるのかしら？」

クワンはサヴァンの遺品の中から、一枚だけ売らずに残しておいた礼服を出し、着替えました。

（よかった。ちょうど今の俺の背丈にぴったりだ）

それはサヴァンが〈海竜商会〉を立ち上げたとき、記念に仕立てさせたという礼服でした。それをまとって鏡の前に立ったクワンは、想像とは違った姿に、やや戸惑いました。

（こりゃあ、なかなか派手だな）

サヴァンはかつて孔雀の羽根のような緑が好きで、「緑の貴公子」「孔雀の貴公子」と呼ばれていたと聞いたことがありましたが、クワンが物心ついたころは落ち着いた色を好んでいたので、女物かと思うほど鮮やかな衣をまとったサヴァンの姿は想像できませんでした。

「クワン。すごくよく似合うわ。そんな素敵な服、見たことない」

シアは感嘆したように呟きました。クワンは少し照れつつも、

「ああ。さすがに〈商会〉の最高峰の職人が仕立てただけのことはある。二十年前の品とは思えない作りだ。この細かい刺繍、金糸で縫いこまれた宝石の粒……売ろうと思えば、金貨五十枚は下らないな」

と答えました。今は亡き伯父の服に、クワンはあらためて身が引き締まりました。

「まあ。こんな夜更けにそんな立派な出《い》で立《た》ちで、どこへ行かれるのですか？」

「王のもとへ」

クワンは乳母にそう答え、館を出ました。

あの日、突然子どもの時間が終わってから、子どもでもない大人でもない時間に、クワンはずっと閉じこめられていました。自由ではなく、かといって仕事もなく、自分より格下だと思う相手の「弟」という無力な役を与えられ、それを死ぬほど嫌だと思いながら、それ以外の役割を自分で作る知恵も力もありませんでした。

（だがもう、こんな毎日は御免だ！）

選ばなければならないのだ、とクワンは思いました。

このまま小さな館に引きこもり、与えられた役を呪いながら死ぬまで飼い殺しにされるか、それとも恥をかき、頭を下げても、自分の守りたいものを守るために外へ出て戦うか――クワンは後者を選びました。

王の部屋へ堂々と歩いてゆくクワンに、侍女や王宮の女たちが驚いて振り返りました。

「ねえ、今の誰？」

「クワン王子よ。なんだか、いつもと違うわね」

「ああいう格好だと、ちょっと……素敵じゃない？」

そんなふうにはしゃぐ侍女たちの中から一人がそっと抜け出し、王妃の部屋に走りました。

「王妃さま。たった今、クワン王子が王の部屋に。正装していらっしゃいます」

「何？」

侍女の知らせに、王妃は白い扇をパンと閉じました。

「おお、クワン。どうした、そんな格好で」

自室でくつろいでいた王は、少しうろたえたように息子を見ました。クワンはその問いには答えず、王の前に座ると、頭を床につける正式な礼をしました。

「なんだなんだ、いいのだぞ。もっと気楽にして」

「ありがとうございます」

クワンはそう答えましたが、姿勢は崩さず、きっぱりと言いました。「今日はお願いがあってまいりました」

「なんだ？　何なりと申してみよ」

クワンはすうっと息を吸いました。

「私に、仕事をください。そして、それを成し遂げたあかつきには、報酬をいただきたいのです」

　王は息子の申し出に、ぽかんと口を開けました。

「突然そんな格好で現れて驚かせたと思ったら、今度はいったい何を言い出すのだ？」

「もう一度申し上げます。私に、仕事をください」

「仕事？　ああ、そうか」

　王はぽんと手を打ち、にこにこと笑いました。

「何か欲しいものがあるのか。なんだ、馬か？　それとも船か？」

　そういう問題ではない、とクワンは無神経な父の言葉に唇を嚙みつつ、確信しました。

（やはり、王は俺が王宮に毎月の支払いをしていることなど知らない。ということは他の王族たちは、そんなことはしていないのだ。では、なぜ俺だけが……）

　しかし、どの道、今さら食費などタダにされたところで、自分が無一文なのは変わりません。クワンの決心は変わりませんでした。一方、王はまるで小遣いをねだりにきた息子を見るように、「仕方ないのう」とクワンに言いました。

「外からこの王宮に来れば、いろいろと目移りするだろうな。いかほどあればいいのだ？」

「王よ。私が望んでいるのは、そういったものではございません。あなたの臣下として、自分の成果に見合う正当な報酬がいただきたいのです」

「そんな気兼ねはいらないと言っただろう。今まで放っておいて悪かったが、おまえもハヌルも同じ、私の息子なのだ」

クワンの中で、何かがぶつりと切れました。

（だから、その「息子」という役割が嫌だから、違う役目をくれと言ってるんじゃないか！）

そのとき、扉が開く音がしました。

「ハヌルと同じですと？」

その声には、軽やかさを装った重い怒りと蔑視が含まれていました。ミナ王妃はクワン王子の真横に座り、クワン王子を見据えました。

「ハヌルは長男。クワンは次男。その差はないということはできませんわ。私、兄弟や男女も同じに扱うべきだなどという今どきの考えは好みませんの。そんなことをしていたら、古くからの秩序が乱れてしまいますわ」

王妃は部屋中に響くような声で、はっきりと言いました。

「それに仮に兄弟だとしても、それぞれ個性は違いますわ。それを伸ばしてあげませんとね。ハヌルはハヌル、クワンはクワンの」

「あ、ああ……そうだな」

王はミナ王妃から目をそらすように答えました。クワンは怒りを抑えるのに必死でしたが、ミナ王妃は急にクワンに微笑みかけました。

「でも、感心ですこと。自分から臣下として仕事を求めるなんて。やっとクワンにもハヌルの弟として、江南《カンナム》のために働こうという意欲が出てきたのですね。では、それを無駄にせぬよう生かしてあげなければ。さっそくサンチュ村の盗賊退治などいかがです？」

「承知しました」

即答したクワンに、王は「待て」と、慌てて止めました。

「あの盗賊には懸賞金がかかっているが、何人もの力自慢や懸賞金稼ぎが命を落としたり、大けがをしたりしているのだぞ。そんなところに王子が行く必要はない」

「あら、そんな場所でなければ、クワンには物足りないのではありませんか？　何せ浜辺では相当な力自慢だったのでしょう？」

その「力自慢」という言葉を口にしたとき、王妃の顔には蔑みの笑みが浮かんでいました。自分たちは体など使わず生きてきた身分だという自負があるのでしょう。クワンは目の前にある顔を殴り倒したいのをこらえ、王のほうに向き直りました。

「王よ。その仕事を、私にお命じください」

「し、しかし……」

迷う王に、王妃が最後の一押しをしました。

「本人が望んでいるのです。任せてあげましょう」

「──わかった。よいのだな、クワン?」

クワンはうなずきました。

八　初仕事

都を遠く離れ、クワンは三日がかりでサンチュ村に到着しました。

なぜここに逃げこんだ盗賊に懸賞金だけがかけられ、放っておかれているのか、クワンはすぐにわかりました。村へ行く道はあまりにも険しく、馬どころか鎧をつけ武器を持った兵士たちも登れません。しかもケモノ道のような山道をやっとのことで登り終えると、そこに広がるわずかばかりの畑の日当たりは悪く、とても数十戸の家々を養える収穫はなかったのです。

（なるほど。これでは税もほとんど取れない。税が取れなければ、兵力などかけられないということか）

クワンの姿を見て集まってきた村人たちのすさんだ目つきに、クワンはここが見捨てられた「陸の孤島」なのだと切に感じました。

「王子だと？　何しにきたんだ王子さまが？」

村長《むらおさ》に会って話をしたいと言っただけで冷たい視線を向けられ、王宮に対する不信感は相当強いことがわかりました。

そこで大人よりは不信感の強くなさそうな、というより物珍しさが勝って遠巻きに寄ってきた子どもたちに尋ね、クワンは村長の家に辿《たど》り着きました。

「ああ、申し訳ありません。この村はもともとよそ者嫌いだが、特に王宮に対しては最近、『どうせ何もしてくれないんだろう』という諦めが強くて……」

と謝る村長に、「最近？」とクワンは聞きました。

「ええ。昔はここまでひどくなかったのです。実は去年、山一つ向こうの村でも同じように盗賊が出ましてな。そのときはすぐに一番近い役所から、役人と王兵が三十人もやってきました。それに比べて、ここは私が何度嘆願書を送っても、ほったらかしなのです」

「それはまた、ずいぶんな扱いの違いだ。なぜそこまで？」

「あそこは銀が出るからです。そのおかげで、この村と同じように辺鄙で人も少ないのに豊かだ。税も我々の何倍も払っているので、すぐに王宮が動いてくれるのです」

そんな露骨な差別が……とクワンは驚き、それではこの反応も無理はないと思いました。

「盗賊はあの、村で一番大きな樹の上にいます」

村長は窓から真っ正面の、巨大な樹を指さしました。巨大な樹の上には大人が四、五人はゆうゆうと手足を伸ばせそうな小屋が作られていました。その樹の周りには家も草木もなく、村で祭りなどをやるための広場と小屋だった、と村長は言いました。

「でも今は奴らが陣取って、我々に水や食料を持ってこいと。持ってこなければ村人を一人ずつ殺すと脅されています。私が王宮に再三、助けを求める手紙を書いたのに無視されたことがわかると、さらに強気になってきました」

王宮は正規の兵を送らない代わりに、金貨三十枚という懸賞金をつけておふれを出しました。今回クワンが成功した場合、王から報酬としてもらうのは、その懸賞金でした。

「今まで退治しにやってきた者たちは？」

「はい。ある者は樹に登ろうとして突き落とされ、またある者は雨のような矢で射殺され、またある者は食料に毒を盛りましたが……。あそこにはいつも食べこぼし目当ての栗鼠や猿がやってくるので、そういった獣に毒見させて、すぐにバレてしまうのです」

村長は、さらにこう続けました。「盗賊は三兄弟で、長男が知恵者、次男が剣の達人、三男が弓の名手。あの小屋に火矢を射て追い出そうとした者は、矢を射た直後に射殺されました」

「こちらから矢が届く距離であれば、向こうからも届くからな。しかも上から下に射るほうが有利だ」

「はい。樹を登ろうにも、今では幹に油が塗られています。奴らが縄梯子《なわばしご》を下ろさなければ登れません」

打つ手なしか……とクワンは思いました。しかし、それでもやらなければ、自分もリアンもセオもシアも乳母夫婦も、飢えて路頭に迷ってしまいます。

クワンは村長に礼を言い、再び情報を集めてみることにしました。広場に立ち、少しずつ小屋のある樹に近づいてゆくと、驚いたことにさっきの子どもたちが樹の根元で遊んでいます。子どもなので盗賊たちも油断しているのでしょうが、子どものほうもなぜ自分たちの親を苦しめる者たちの近くに行くのだろうと思いました。

しかし、その疑問はすぐ解けました。

小屋の開け放された窓から、ばらばらと何かが落ちてくると、子どもたちが争って拾い集めているのです。それらは干し肉や果物のかけらでした。

「おい、よせ！　そんなものを拾うのは」

クワンが思わず怒鳴りつけると、大半の小さな子どもたちはぽかんとしていましたが、中では年長の十歳くらいの少年が、「うるせえ」と吐き捨てるように言いました。

「王宮で毎日いいもの食ってるくせに。俺たちはこうしなきゃ生きていけないんだよ！」

何も言い返せないクワンを残し、裸足《はだし》の子どもたちはみな走っていってしまいました。

その日の夕方まで、クワンはぼんやりと村の川べりで過ごしました。歓迎もされず、策も浮かばず、いったい自分は何をしにきたのだろう？　いっそ帰ろうかとさえ思いました。

（いや、そんなことはできない。何か考えるんだ。あの小屋に入りこむ、あるいは奴らを引きずり出す何か、何か……）

人の気配に振り向くと、茂みの中からひょこっと出ては、さっと隠れる顔が見えました。どうやら大人や大きな子ほどクワンに不信感を持っていない、小さな子どものようです。

「おい、何か用か？」

クワンが声をかけると、子どもは嬉しそうに、にこにこしながら寄ってきました。

「ねえ、都の話してよ」

「わかった。おまえ、何ていうんだ？」

「俺、カチ」

クワンが都の話をしてやると、人懐っこいカチは「ほんと？」「すげえ」と目を輝かせ、体をすりよせて聞いていました。都の話そのものより、暮らしに余裕のない親たちとは違う年上の人間と話したかったのかと思い、クワンはなんだか切なくなってきました。

「ねえ、王子さま。もう都に帰りなよ」

ふいにカチが言いました。

「なぜだ？」

「他の人たちみたいに死んじゃうよ。俺の兄ちゃんみたいに。そんなのやだ！」

クワンは無言で涙を浮かべるカチの肩を抱き、シラミの浮く頭をなでました。

「カチ。あいつらは絶対、俺が倒してやる。約束する」

「ほんと？」

「ああ。だが、どうやったらあの中に入れるか……」

「鳥みたいに飛べたらいいのにね」

「鳥か……」

カチといっしょに川面を飛ぶ水鳥を眺めていたクワンは、ふいに立ち上がりました。

「そうだ。いっそ飛んでみるか」

「え？」

河原で野宿したクワンは、次の日、村の中を歩き回って長い一枚の板を探しました。村の家々はみな、そこらにある木切れで作ったようなものばかりなので、なかなか板というものがありませんでしたが、ようやく村長の家を建てたときに余った板を借りることができました。

それを川べりに運んでくると、クワンはその下に大きな石を一つ置きました。

「これ、どうするの。王子さま？」

「俺がこっちの端に立つから、おまえ、そっちの端に思いきり飛び乗ってみろ」

カチは「うん」と答えて、勢いよく板の端に飛び乗りました。すると、今まで上がっていた板が沈みこみ、反対側の端が大きく持ち上がったかと思うと、そこに乗っていたクワンが大きく飛び上がり、空中で一回転して水の中に落ちました。

「すっげー!」

大喜びで手を叩くカチの前に、ずぶぬれになったクワンが水から上がってきました。

「だろう?」クワンは指を二本出しました。「でも俺は、本当は二回転できるんだ」

「ほんと? じゃあ、やってみせてよ」

「ああ。だがそれにはうんと勢いがいる。おまえがもっと強く乗らないとダメだぞ」

「わかった!」

もう一度、クワンが板の端に立つと、カチが勢いをつけて走ってきて、思いきり反対側の板の端に乗りました。クワンはさっきよりも高く飛び上がりましたが、まだ一回転しかできませんでした。「よし、もう一回!」

本当は大人の体重が欲しいところでしたが、老いた村長以外は協力してくれそうもないので仕方ありません。しかし思ったより勘のいいカチがうまくはずみをつけられるようになり、クワンは自分の狙った方向に、高く飛べるようになってゆきました。

(ああ、湾にいたころみたいだ)

みなで競い合い、高い崖の上から海に飛び下りたとき、二回転できるのはクワンだけでした。

「すっげー」

「さすがクワンだぜ」

そんな賞賛をほしいままにしながら、仲間たちと遊びたいだけ遊んだ日々を思い出しました。クワンとカチの姿は、本当に仲良く遊んでいるように見えたので、その様子をうかがいにきた村人たちは「何をしにきたんだ、あの王子」と鼻白んでいました。

再び川面が夕日に染まるころ、クワンはカチに言いました。

「今夜やる」

「もう？　だって、ちゃんと二回まわってないよ」

いいんだ、とクワンは答えました。もともと二回転の話は、カチに強く板を踏ませるためでしたし、自分の目的を盗賊に気づかれないうちに急がなければと思ったのです。

「やるのは一回きりだ。二度目はない。そして俺が飛んだら、おまえはすぐに逃げるんだ」

「俺、下で王子さまが帰ってくるのを待ってるよ」

「ダメだ。奴らに顔を見られたら仕返しされる。絶対逃げるんだ。いいな?」

「……うん」

カチは唇を噛み、顔を伏せました。

月が昇り、盗賊たちの酒盛りが始まりました。毎夜、真夜中まで続くという酒盛りの声を聞きながら、クワンは暗闇にまぎれてそっと石を転がし、板を運びました。

「王子さま!」

暗闇で「しっ」と指を立て、「よく来たな」とクワンは小声で言いました。

「うん。いっぱい水飲んできたよ。少しでも体が重くなるようにさ」

クワンは笑いました。これから決死の賭けに出るというのに、カチのおかげで、ずいぶん気持ちが軽くなったと思いました。

「よし、行くぞ」

小屋の中で焚《た》く火の見えるすぐ近くに石を運び、素早く板を載せ、腰の両脇に小刀を差してクワンは立ちました。使い慣れた大きな剣を持っていきたいところでしたが、そんなものを差すと重くて体勢が崩れやすいうえに、小屋の戸口に引っかかる恐れがありました。

「来い!」

クワンの声に、闇の中をカチが一直線に走ってきました。そして、どんという大きな音とともにクワンの体は宙に舞い、樹の上の小屋に飛びこんでゆきました。

目をつぶって必死に走るカチの後ろから、「誰だ！」という叫び声や意味のわからない怒号や、物の壊れる音が聞こえました。

「あっ！」

草に足をとられて転んだカチは、小屋のほうが静かになったことに気づきました。倒れたままカチが恐る恐る振り返ると、小屋の中で火が動くのが見え、松明《たいまつ》が広場に放り投げられました。そして、立て続けにどさっどさっと、三体の大きな影が降ってきました。

カチはごくりとつばをのみ、それが誰なのか確かめるためにそっと這ってゆきました。そこへもう一つの体が落ちてきましたが、それは地面にしっかりと着地し立ち上がりました。

「『逃げろ』って、言っただろ」

「王子さま！」

カチはつんのめるように立ち上がり、クワンに走り寄りました。

「触るな。汚れるぞ」

カチはかまわず返り血で真っ赤になったクワンに抱きつきました。そして、

「みんなー！　王子さまがやったよ！　あいつらをやっつけたよ！」

と叫びながら、村中を走り回りました。


「何？　クワンが見事に盗賊を捕らえたと？」

江南王《カンナムおう》は、驚いて玉座から立ち上がりました。

「はい。瀕死の盗賊たちは縛って近くの役所に引き渡し、今、都に着いたそうです」

使いの者から知らせを聞いた王は、素直に息子の活躍を喜びました。

「おお、そうかそうか。それはねぎらってやらねば。たった一人でよくやった。次からはちゃんと護衛の兵士もつけてやらねばいかんな」

帰ってきたクワンに王は懸賞金とともに、ミナ王妃が不機嫌になるほどの報奨金を与えました。はちきれんばかりの金貨の入った革袋を押し頂き、クワンは館に戻りました。竹林の中を歩いてゆくと、向こうからシアと、シアに手を引かれてくるセオの姿が見えました。

「お帰りなさい、クワン」

「やったな。おめでとう」

クワンはしっかりと二人を抱きしめ、ずっしりと重い革袋をセオの手に載せました。

「これで、おまえの目を完全に治す。王立学院だって行かせるからな」

「クワン……」

「伯父貴が約束したことは、俺が必ず守る」

クワンは乳母夫婦にも充分な金額を渡し、留守中の礼を言いました。

「留守中、リアンのことをすまなかったな。悪いが、俺は少し休む」

「はい、どうぞ。お部屋に寝具を用意していますよ」

涼しい部屋に入って、洗い立ての麻の寝具に転がったクワンは、体を大きく伸ばしました。

体は疲れきっていましたが、心は晴れ晴れとしていました。自分は施しを受けている身ではない。貧しい人々から吸い上げた税を、ただ食いつぶす「国の居候」ではないのだ、と思ったからです。

しかし、その安息はほんの三日で終わりました。

「なんですって！　もうクワン王子に地方へ行けとおっしゃるのですか？」

王妃の使いで来たヘスという男に、乳母は食ってかかりました。

「何を考えているのです。王子は三日前に帰ってきたばかりなのですよ？」

「ですから、今日明日に発《た》てなどとは……」

「明後日《あさって》だって同じです。あんな大変な仕事をしてきた人が、五日しか自分の家で休むことができないのですか。別な土地へ行くなら準備だってしなければならないのですよ？」

激昂する乳母の後ろからクワンが現れ、その肩に手を載せて言いました。

「『承知した』と王妃さまに伝えてくれ」

「これはこれは、クワンさま。直々に、ありがとうございます」

慇懃無礼《いんぎんぶれい》に頭を下げるヘスを睨みつけ、クワンは言いました。

「しかし、私ばかりが大切な任務をお引き受けしていいのかな？　江南王宮は、それほど人材が不足しているわけでもあるまいに」

「ご心配には及びません。人材も豊富ですが、それを凌ぐほど困窮する人々が多いのが世の常でございます。心置きなく、ご活躍くださいませ」

二人はしばらく静かに睨み合いました。

（こいつについてきたせいで、こんなところに閉じこめられた）

そう思うと腸が煮えくり返るクワンは、もう以前のような無力な少年ではありませ

んでした。それに対し、ヘスもまた、

（これはやはり、ただの馬鹿ではないな。外へ放すときは気をつけねば）

と思いました。

ヘスが帰った後、クワンは崩れるように床に座りこみました。「大丈夫か？」と駆け寄ったセオに、「正直……まだ万全とは言えない。だが今は、とりあえず働かないとな」と、クワンは答えました。

「すまない……」

「おまえたちのためだけじゃない。それに、つくづくわかった。俺は外で動き回ってるほうが、この王宮にいるよりよっぽど性《しょう》に合うってな」

「それはそうだろうな」

あっさりうなずくセオの手をつかみ、クワンは体を起こしました。そして、

「俺は当分、従順な働き者のふりをしてやるさ。王に仕え、兄に従う弟王子のふりをな」

と言いながら部屋に戻り、寝具に倒れこむと、心配そうに覗きこむセオに言いました。

「俺は調べることにした。国中歩いて、情報を集め、いつか、あの湾に毒を流した真

犯人を突き止める。誰がなんの目的で、誰に命じてやらせたのか、必ず白日の下に晒して、裁きの場に引きずり出してやるんだ」

九　眼鏡と姫君

クワンは自分と家族と居候たちの食い扶持《くぶち》を稼ぐため、地を這うように働いていました。

その一方で、王宮には何不自由なく暮らす嫡男《ちゃくなん》ハヌル王子と、リアンを除く五人の姫君がいました。姫君のうち上の二人はすでに嫁いでいましたが、三番目の姫君はもう十七になるというのに、まだ結婚相手が決まっていませんでした。

「まったく、あの子にも困ったものだわ。せっかくいい相手を探してきても、部屋に籠もって出てこないのですもの」

ミナ王妃はそう夫に愚痴をこぼしました。クワン王子のこともですが、自分の三番目の娘のことも、実は頭痛の種でした。

「まあまあ、ウィーは奥手な娘だからな」

江南王《カンナムおう》は、娘たちの中で一番おとなしく物静かな三女がお気に入りだったので、そう急いで嫁がせなくてもいいだろうと思っていましたが、ミナ王妃は首を振りました。

「だから、あなたは呑気だと言うのです。ただでさえ器量のよくないウィーが年を取ったら、さらに値打ちが下がるのですよ。まだ若ければ価値があるのだから」

「『器量がよくない』はひどいだろう。ウィーは雀のように可愛らしい娘だ」

「雀？　ええそうですわね。でも、誰もが父親のように可愛いとは思ってくれませんのよ。ねえ、やはり見合いなどさせずに、私たちで決めたところに嫁がせましょう」

「強引な。『顔も知らない人のところに行きたくない』とウィーも言っていたではないか」

「ええ。十五のときそれを聞いて甘やかして、今年で三年目です。もう、あの子の気まぐれにつきあっている時間はないわ」

なんとか十代のうちに嫁がせようと焦る王妃を、どうにか王はなだめました。王妃は「下のスーがつかえているのに」と、ぶつぶつ言っていましたが、どうにも本人がその気にならないのでは諦めるしかありませんでした。

そんな王妃が自分の部屋に戻ると、ウィー王女が訪ねてきたと侍女が知らせました。

「あら珍しい。あの子が自分から来るなんて。通しなさい」

侍女に通されたウィー王女は、貫禄のある母の前に、おずおずとやってきました。

（あいかわらず冴えない子ね）

ウィー王女の外見は、ミナ王妃とは正反対でした。色白で痩せっぽっち、小さな目に低い鼻と薄い唇がさびしげな口元――これらは残念ながら江南では、もてはやされる外見ではありませんでした。

ウィー王女は強い日差しの下で映える原色の花ではなく、ひっそりと日陰に咲く白い花のような姫君だったのです。そしてウィー王女が人前に出ることを苦手とする理由は、父王の言うように奥手な性格の他に、もう一つありました。それは……。

「あ、あの、お母さま。今日はお願いがあってまいりましたの」

ウィー王女は今にも消え入りそうな小さな声で言いました。

「あら、何かしら？」

「実は欲しいものがあって。少し高価なのですけど……」

「まあ、素敵！」

王妃の目がきらりと輝きました。審美眼に自信のある王妃は、物や人を選ぶのが大好きだったのです。それが高価なものや大切な人事であるほど、王妃にとっては決定権を握る喜びがありました。

「どんな布や衣かしら、それとも宝石？　髪飾り？」

「い、いいえ、そういうものではなくて……」

ウィー王女は絞り出すように言いました。

「眼鏡が、欲しいのです」

「眼鏡ですって？」

ウィー王女はうなずきました。王女は十歳のころから目が悪くなり、物にぶつかったり人に間違えて話しかけたりするうちに、ますます外に出るのが怖くなってしまったのでした。

「あなた持ってるじゃないの」

ウィー王女は本を読むときだけ、掌に載る大きさに磨いた円形の玻璃を使っていました。それは文字が大きくはっきりと見えるもので、江南や沙維《サイ》で広く使われているものでした。

「ああいう形ではなく、もっと小さくて薄くて、簡単に持ち歩きできるものが欲しいのです。細いつるがついていて顔にかけられるものが、巨山《コザン》にはあるのですって」

「そんなもの、あなたには必要ありません」

「なぜですか？」

「目が悪いと言ったって、見えないわけではないでしょう？　私だって悪いけれど、別に困ってはいないわ」

「それは、お母さまが本をお読みにならないから……」

「そうよ。あなただって、侍女に読んでもらえばいいでしょう。そのために声のいい侍女を私が選んであげたでしょうに」

「私は自分で読みたいんです。そうでなければ……」

お話に入りこめない、という言葉を王女はのみこみました。王女は、物語を聞いて泣いたり笑ったり怒ったりするところを、侍女であれ他人に見られると、たまらなく恥ずかしくなるのでした。しかし、どんなときであれ、常に人に注目されるのが大好きな王妃に、そんな娘の気持ちなどわかるはずはありません。

「いけません。若い女の子が顔の前に何かつけるなんて。もったいないじゃないの」

「……もう、いいです。お母さまに頼んだのが間違いでした」

涙をためてうつむく娘に、「あら、嫌だ」とミナ王妃は顔をしかめました。

「そうやって何か言うと、すぐ泣いて怒り出す。上の二人はそんなことなかったのに。本当に面倒な子ね」

「私は、どうせお姉さまたちとは違いますから！」

ウィー王女の目から、ついに大粒の涙がこぼれ落ちました。

「そうねえ。私は同じように愛情を注いでいるのに、どうしてこうなるのかしら？」

王妃の言葉に嘘はありませんでした。しかし、その同じ接し方が、どれだけ個性の違う相手の苦痛になっているか、王妃は考えたこともありませんでした。

ウィー王女は袖で涙をぬぐいながら、母の部屋を後にしました。

夕暮れの空に、ぼんやりと白い雲が浮かんでいました。ただでさえ物が見えにくいこの時間に、ウィー王女の見上げた空は、涙のせいで絞り染めのように滲んでいました。

（ああ、やっぱりだめだった……）

王女ですから、自由に使えるお金をまったく持っていないわけではありません。しかし巨山でしか売っていないようなものとなると、特別な手順で取り寄せてもらうしかないのです。

（お母さまが、本を読んだりするのが好きな方だったらよかったのに）

打ちひしがれたウィー王女は、ぼんやりと後宮の庭を歩いていました。どう歩いたのか、いつのまにか後宮の端にある〈竹の館〉の近くまで来ていました。竹の葉が風に揺れる音が聞こえ、王女は三年ほど前まで、このあたりでよく遊んだことを思い出しました。

（あら？）

竹林の向こうから、ゆっくりと杖をついて歩いてくる者がいます。その杖は白く、道をなでるように探っていたので、盲人の持つものだということがわかりました。

（誰？　男の人かしら、女の人かしら？）

夕暮れに薄暗い竹林の中で、ウィー王女はそれが男か女かすらわかりませんでした。足音もなく気配も薄い、影のような人なのです。

（なんだか、変な人だわ）

そのとき、後ろからざっざっと力強く竹の葉を踏みしめて歩く音がしたかと思うと、王女を追い越した背の高い少年が、その白い杖をついた者に話しかけました。

「セオ。一人で歩いて大丈夫か？」

「ああ、クワンか」

杖を持った者が呼んだ名前に、ウィー王女はどきっとしました。

(クワン？　この人が？)

王女は自分を追い越していった少年をよく見ようと、目をこらしました。表情までは見えませんでしたが、その横顔から、かなり彫りが深い顔立ちだということはわかりました。

(お父さまの愛人の子というのはこの子なのね。ずいぶん背が高いんだわ)

それだけわかればいい——ウィー王女はすぐにその場を離れようとしましたが、

「明日には眼鏡が届くそうだ」

「本当か。それはありがたい」

という言葉に振り向きました。クワン王子は杖をつく少年の長い前髪を上げて話しかけています。その仕草は家族のように親しげで優しく、王女は不思議な気がしました。侍女たちから、「クワン王子が踊り子と芸人を拾ってきた」という噂を聞いていた王女は、王子がもっと気まぐれに芸人たちを扱っている様子を想像していました。また拾われた彼らのほうも、道化や太鼓持ちで、王子におべっかを使って楽しませていると思いこんでいたのです。

(あの子が、その芸人なのかしら？　なんだか、そうは見えないけれど。それに、拾ってきた人に高価な眼鏡を作ってあげるなんて……）

　自分は実の親にも作ってもらえないのにと思うと、ウィー王女は二人の関係が気になり、離れてゆくふりをしながら、ちらちらと盗み見ました。

（いいわね、眼鏡。私も欲しい。その職人を紹介してもらえないかしら）

　しかし内気な王女は、とても初対面の人間に自分から話しかけることなどできません。

（お母さまからクワン王子に聞いてもらうのは……きっと無理よね）

　ミナ王妃が蛇蝎《だかつ》のごとくクワン王子を憎んでいるのは、誰もが知るところでした。

　ウィー王女は後ろ髪を引かれながら、自分の部屋に帰りました。

　クワンはセオといっしょに〈竹の館〉に向かって歩きながら話しかけました。

「今、そこに地味な女がいた。ずっとこっちを見ていたんだ」

「知っている。王妃の三女、ウィー王女だ」

「よくわかったな。おまえ、ひょっとして……？」

　杖で探らずにすたすたと歩いてゆくセオに、「見えるのか」とクワンは聞きました。

「そうだ。はっきりとではないが」

「じゃあ、杖は？」

「俺は招かれざる客だ。『見えない』ほうが、ここのご婦人方にとっては都合がいいだろう？」

「それで、実は見えているというほうが悪質だがな」

二人がそんな会話を交わしていることも知らず、ウィー王女は自分の部屋に籠もっていました。

ウィー王女は、仲睦まじげに見えた二人のことが気になって仕方がありませんでした。それは羨ましいような腹立たしいような、今まで感じたことのない気持ちでした。

〈だいたい、どうして男の人たちが後宮にいるのよ。それに、あの〈竹の館〉は、私の大切な場所だったのに！〉

〈竹の館〉はもともと、先代の王の姉にあたる人のものでした。夫に先立たれ子どももいなかったその人は、寡婦《かふ》となって王宮に戻ってきたのです。

王族でありながら華美な生活を好まなかったその人は、王宮の中でも一番静かな竹林の中に民家風の館を造り、そこで昔の本を今様に書き直していました。それらはとても読みやすく、難しいと言われる『江南国史』や『建国之記』などが、物語のようにすらすらと頭に入ってくる名訳でした。

またその人柄も優しく知的で、ウィー王女は「大伯母さま」と呼んで、よく館に遊びにいったものでした。彼女もまた弟の孫にあたる王女を可愛がり、三年前に亡くなるまで、母や姉たちとは違った話し相手になってくれたのでした。

「ねえ、大伯母さま。私、結婚なんかしないで、ずっとここにいたいわ」

「あら、一回くらいしてみればいいのに。嫌になったら戻ってくればいいのよ」

母と違って自分の意見を押しつけることのない大伯母に、王女は安心して何でも話すことができました。

「大伯母さまは、してみてよかった？」

「そうね。私はね」

そう言いつつ、いくつか持ちこまれた再婚話には見向きもしなかったと聞き、

（本当は懲りてしまったのかしら。それとも、とっても素敵な人だったから、その人以外ともう一度生活することが考えられないのかしら？）

と、ウィー王女はいろいろと想像しました。尋《たず》ねるまえに急な病で逝《い》ってしまったので確かめることはできませんでしたが、ウィー王女にとって〈竹の館〉で過ごした時間は、この上もなく幸福でした。

（でも今は、あの子たちが住んでいる。お父さまが低い身分の女の人とつくった子どもが！）

いったいどうしてそんなことになってしまったのだろう、と考えると、そもそも父王が原因なのです。あの優しい父が……と思うと、誰も信じられない気持ちになり、ウィー王女は絹の布団にくるまって、いつまでもぐじぐじと泣いていました。

次の日の〈竹の館〉では、初めて眼鏡をかけたセオにクワンが尋ねていました。

「どうだ？」

「よく見える。嘘のようだ」

セオは目を輝かせながら、薄い玻璃の向こうを見回しました。回復したと言っても今まではぼんやりとしていた部屋の中が、急にはっきりと細かいものまで見えるようになったのです。

「さすが、巨山で修業してきただけのことはあるな。礼を言うぞ」

クワン王子の言葉に、職人は「いえいえ」と首を振りました。

「いずれ一月《ひとつき》もすればいらなくなりますよ。目の医師が言うように、この方の視力が落ちたのは一時的なものなのですから。その一月のために眼鏡をあつらえようというのだから、本当に太っ腹なお方だ」

「その一月が、王立学院の入学試験の前だからな。その間、字が読めなくては話にならん」

クワンが言うと、セオは眼鏡を外し、大切に布で包みました。

「ありがとうクワン。きっと、受かってみせる」

「当たり前だ。おまえならできる」

クワン王子は代金を支払い、その金額に満足した職人は、いそいそと帰ってゆきました。

「悪いな」

セオがあらためて言いました。

「たいしたことじゃない」

「………」

「なんだ？」

眼鏡をかけ直し、自分をじっと見ているセオにクワンは聞きました。

「いや……あらためて、いい男だと思って」

「馬鹿か」

クワンは庭に出てゆき、残されたセオは眼鏡をかけたまま、試験用の書物を手に取りました。

(冗談でもないんだがな)

その整った顔立ちは、もともと衆目を集めるものでしたが、湾にいたころよりさらに大人びて精悍になった、とセオは掛け値なく思いました。

庭に出たクワンに、「あの、申し訳ありません」と声をかけてきた者がいました。

「何だ？」

「失礼しました。私はウィー王女の侍女でございます。実はお願いがありまして……」

侍女はクワン王子のところに出入りしている、眼鏡の職人を紹介してほしいと言いました。クワンが彼の名前と城下にある工房の場所を教えると、

「ありがとうございます。これで姫さまもお喜びになります」

と、侍女は去ってゆきました。

それから数日後、セオの眼鏡の調子を見るために、再び〈竹の館〉を訪れた職人はクワンに言いました。

「クワンさま、このたびは上客をご紹介いただいて、本当にありがとうございます」

「なんのことだ？」

「三の姫さまのことですよ。眼鏡のご注文をいただきました」

「ああ、あの侍女の主《あるじ》か」

クワンは、ようやく数日前のことを思い出しました。

「三の姫とやらは、目が悪いのか？」

「ええ。こちらの方と同じ病です」

セオのほうを見た職人の言葉に、クワンは耳を疑いました。「栄養不足だと？　馬鹿な」

「本当です。どうやら小食なうえに、相当の偏食らしい」

「なんてこった……！」

苦虫を嚙みつぶしたようなクワンに対し、職人は笑って説明しました。

「裕福な方の栄養不足は、珍しいことではありませんよ。甘いもので肥満、白米ばかりで脚気《かっけ》……裕福ゆえに偏った食事をなさっているのです。いろいろなものを食べないと、人間の体というのはうまく動かないようにできているのですが」

「世の中には食いたくても食えず、飢えて死ぬ人間もいるというのに。ふざけた話だ」

「そうお伝えいたしましょうか？」

「ああ、伝えてくれ。『ちゃんと食え』とな」

「承知いたしました」

クワンは冗談のつもりでした。しかし職人は次の日、本当にウィー王女に、その言葉を伝えたのです。

「えっ！　クワン王子が私に伝言を？」

ウィー王女は職人の言葉にびっくりして、あつらえたばかりの眼鏡を落としそうになりました。

「そ、そんな……どうして？」

「きっと、義理の姉である王女さまのことをご心配なさっているのでしょう。『好き嫌いせず、なんでも食べるように』とのことです」

ウィー王女は鼓動が高まっていた心臓のあたりが、急に温かくなったような気がしました。

「わかったわ……」

素直なウィー王女は職人の言葉、もといクワン王子の言葉に強くうなずきました。

王女は本当にそれからしっかりと食事をとるようになりました。

幼いころから家の中に籠もりがちだったウィー王女は、小食というより空腹というものをほとんど感じたことがなかったのです。お腹がすいたことがなければ、「食べる」ということに関心を持つはずもありません。王女の常食は粥と少量の果物くらいで、その粥から少しでも栄養がとれるようにと、料理人が雑穀や豆や刻んだ野菜を入れていたので、「あなたの食事は、まるで鳥の餌のようね」と、母や姉たちに笑われていました。しかしクワン王子の言葉を聞いたウィー王女は、少しずつですが、肉や魚、木の実や牛の乳といったものも食べるようになりました。

するとも半月もするうちに視力だけでなく、外見も少しずつ変わってきました。ほおがふっくらとして血色がよくなり、乾いていた髪はつややかに、でこぼこしていた爪もなだらかになってきたのです。はっきりと見えるようになった鏡に映る自分の姿を見て、ウィー王女は驚きました。

(食べ物でこんなに変わるなんて!)

そこにいるのは、長年美しい姉たちに「幽霊のよう」とからかわれてきた痩せぎすの青白い娘ではなく、年相応に瑞々《みずみず》しい若い娘の姿でした。侍女たちも、

「姫さま、最近髪の櫛通りがとってもよくなりましたよ。前は櫛に油を塗ってもなかなか通らないうえに、ひっかかるとすぐに切れていましたのに」

「明るいお顔にはこちらの色が映えますよ。襟も刺繍の入ったものに替えてみませんか？」

と、楽しそうに世話をしてくれるようになりました。また王女自身も、自分が変わってゆくことが楽しくなり、それまで無頓着だった身なりにも気を遣い、母親の「これは美容にいいのよ」といった助言にも、耳を傾けるようになりました。

（髪にいいのは海藻、肌には煮凝《にこご》り、フカヒレ、ザクロ、それからお酢ね。食事の量は腹八分目……お母さまはもっと食べているような気がするけれど？）

体重は増えたのに、体が軽くなったような気がするウィー王女は、自分から外へも出ていくようになりました。とはいっても庭の散歩だけですが、それまで部屋に籠もっていた王女にとっては大きな進歩でした。

（そうだ。また、〈竹の館〉に行ってみよう。クワン王子にお礼を言わなくては）

今まで誕生日や祝いの日に親類から贈り物をもらっても、お礼に行くのがおっくうだったウィー王女でしたが、今日は自分から感謝の気持ちを伝えたくてたまりませんでした。

〈竹の館〉に向かってゆくと、竹林の中を誰かが歩いてきます。ウィー王女は高鳴る胸を抑えながら、そこに立ち止まりました。歩いてくるのは、どうやら二人のようです。遠くからでも背の高さがわかるクワン王子と、若い女性のようでした。

ウィー王女は近くの茂みに下がって、二人が来るのを待ちました。

（来る、来る……）

クワン王子の姿が近づいてくると同時に、ウィー王女は緊張が高まり、知らず知らずのうちに後ろに更に下がっていました。そして背中が茂みに埋もれるほど後退りしてしまったウィー王女に気づかず、二人はあっさりと通り過ぎてゆきました。

「………」

礼を言うことができなかったウィー王女は、がっくりとして部屋に戻りました。そして落ちこむ王女は、そんな自分を見ていた人間がいたことに気づくはずもありませんでした。

その夜は、上弦の月が美しい晩でした。

「ねえ、姉さん」

眼鏡をかけたセオはシアに言いました。「クワンは、相変わらずいい男だね」

「ええ。前よりずっとね」

そのクワンは、書斎に籠もって何か一人で読んでいるようでした。

「今日、姉さんたちが散歩に出たとき、竹林のすぐ外にお姫さまが一人いただろう?」

「いたかしら?」

「いたのさ。姉さんもクワンも気づいてなかったけど、あれは王妃の三女だ」

「驚いた。私たちより見えないのに、おまえは本当によく気づいたわね」

「見えるかどうかは、目の良し悪しじゃないんだよ姉さん」

「そうなの?」

「ああ、もちろんクワンには感謝してるけどね」

そう言ってセオは眼鏡を取り、左右の微妙なずれを直しました。

「あの姫、クワンのことをずっと目で追っていた。顔が赤くて、手を胸のところで組んで、姉さんの姿を見たら、がっくりして帰っていったよ」

「それは……」

シアはセオの言いたいことを悟りました。

「それはまた皮肉なことね。王妃の怒り狂う姿が目に浮かぶわ。自分の一番嫌いな相手を、自分の娘が好いているなんて……」

「そう。クワンがその気なら、ミナ王妃の大事な娘、弄《もてあそ》んで捨てることだってわけないさ。あんな地味で不器量な……」

「馬鹿なこと言わないでよ！」

シアの思わぬ剣幕に、セオは少し気圧《けお》されました。

「姉さんは嫌なのかい？」

「そうよ。クワンはそんな汚いことしないわ」

セオはシアの顔をじっと見つめました。暗がりでぼんやりとしか見えなくとも、その目には怒りとともに、自分への軽蔑が浮かんでいることが、はっきりとわかりました。

「……わかってるよ。やればできるのにしないんだ。俺に丸投げしてた勉強と同じさ。あれほどやりたいこととやりたくないことの、出来不出来が激しい人間も珍しい。得意なことは天才的、苦手なことは壊滅的だ」

セオの態度が変わったので、シアは、ほっとしたようにうなずきました。

「姉さん。クワンは大勢の人間を束ねて盛り上げることがうまい。王族への反感が強い地方で最初は反発されたり無視されたりしても、いつのまにか協力してくれる者が出てくる」

「そうね。昔からそうだったわ。威張ったり脅したりするわけじゃないのに、なぜかみんなついてくるのよ」

「でも、一対一で目の前にいる人間を騙すようなことはできない」

「そうよ。そういう人なのよ」

真っ正直で嘘がつけないクワンの性格を、シアはこよなく愛していましたが、「それじゃだめなんだ！」と、セオは強く言いました。

「巨山の王は、両方巧みらしいよ。大勢の人間を酔わせ、一対一で会った人間も魅了する。たとえ自分とは敵対するような人間でもね。天性の役者で詩人だそうだ」

「強敵ね」

そのとき、戸の開く音がして、「まだ起きていたのか？」というクワンの声がしました。

「クワンもでしょう？」

「俺は次の仕事で必要な地図や海図を探してたんだ。もう寝る」

クワンは大あくびをしながら、自分の部屋に戻ってゆきました。それを確認したセオは立ち上がりながら、そっとシアに言いました。

「クワンは強いけど甘い。国の外にも中にも敵がいるんだ。手段を選べるような立場じゃない」

「そうね、でも、手を汚すのは私たちよ。クワンの手は汚させない」

迷いのない姉の顔を、セオはじっと見つめました。

「そのために私たちがいるのよ。そうでしょう？」

「……ああ、そうだよ姉さん」

セオはうなずき、シアは同じ覚悟をした弟を抱きしめました。

十　証人

　クワンがサンチュ村の盗賊退治で初めて懸賞金を手にしてから、約半年が過ぎました。

　その間にセオは王立学院の試験を受けて合格し、シアもまた、王宮で王族や国賓に踊りを披露する王宮舞踏団への入団が決まりました。何も知らなかったクワンは驚き、

「いつのまにそんな試験を受けていたんだ？」

と聞くと、「クワンがあちこち飛び回ってた間よ」と、シアは悪戯っぽく笑いました。

「王立学院は、二百人受けて四十人が合格するから五倍。王宮舞踏団は三百人受けて六人だから五十倍。姉さんのほうが十倍も狭き門だったんだ」

セオの説明に、クワンはさらに感心しましたが、シアは首を振りました。

「王立学院をひやかしで受けようなんて人はいないけど、舞踏団は都見物の記念や、嫁入り前の運だめしに受ける子もいるの。倍率だけですごいとは言えないわ」

「いや、それでもすごいさ。試験に合格するために、特別な教師をつける娘たちもいると聞く。それに比べてシアは……」

「あんなところで踊っていたのにね」

「違う。俺が言いたかったのは！」

慌てるクワンに、シアは笑って首を振りました。

「いいのよ、クワン。これで私も、少しはお金を稼げるようになるわ」

「これで、穀潰しは俺だけだな」

自嘲するセオに、「おまえはいいんだよ」と、クワンは肩を抱いて言いました。

「今はな。後で嫌になるほど返してもらうさ」

三人は飲み、語り、祝い酒に酔いました。その夜は祝いの夜であると同時に、明日から舞踏団の宿舎に入るというシアとの別れの夜でもあったのです。

すっかり酔って床で眠ってしまったクワンに布をかけ、シアはセオに言いました。

「王宮舞踏団は王宮だけでなく、いろんな王族や金持ちの家に招かれて踊るらしいの。私、クワンのために、役に立つ情報を集めてくるわ」

「そうだと思った。急に舞踏団の試験を受けたいから調べてくれ、なんて言うから」

「ありがとう。あんたが試験の傾向まで教えてくれたから助かったわ」

「うん……姉さん。元気で」

「あんたもね」

王立学院も王宮舞踏団も、子どものころからその入学や入団を目指して、家族ぐるみで努力してきた者も多く、セオとシアのような出自の合格者は異端でした。あの湾の出身だと、あれこれ言われることもあるでしょう。しかし二人とも、そんなことは覚悟のうえでした。

「クワンのために」

「私たちの王子のために」

姉弟はそう言って、誓いの杯《さかずき》を交わしました。

一年中温暖な江南《カンナム》でも、特に暑い盛夏がやってきました。

今日も豪華な絹と宝石に包まれたミナ王妃は、王宮の東屋《あずまや》で侍女に扇がせていました。

「ああ、本当に毎日暑いこと。誰か、何か冷たいものを」

「はい。ただいま」

厨房へ行こうとした侍女を、王妃は止めました。

「お待ち。あれは何かしら？」

後宮へ向かう通路を歩く、大きな籠を持った侍女の姿を、王妃は指さしました。

「あの者をここへ」

王妃の侍女は、すぐに籠を持った侍女を呼んできました。籠の中には、黄色の大きな瓜と黒い西瓜が入っています。どちらもよく冷えている証拠に、水滴がついていました。

「まあ、見事だこと。これはサンタン地方の名物の黄金瓜《こがねうり》と、珍しい黒玉西瓜じゃないの。よく冷えているようね。すぐに切りなさい」

すると、厨房から来た侍女は、言いにくそうに切り出しました。

「恐れながら、王妃さま。これは他の方への貢ぎ物でございまして……」

「ああ、王さまに？　いいわ。私から断っておきましょう」

「それが……」

侍女は小さな声で言いました。

「これは、クワン王子さまへの貢ぎ物でございます」

「何？　王ではなくクワン王子？　なぜクワンに？」

王妃の剣幕に恐れをなした侍女は、「こ、こんな文《ふみ》が」と、籠の中から一通の手紙を差し出しました。いかにも地方で作られたような、粗い繊維を漉《す》いた茶色い紙には、「先日は、我々を悩ます大猪を退治してくださり、ありがとうございました」と書かれていました。

（そういえば半月前、大猪が暴れているというサンタン地方に行かせてやったのだわ）

王妃は投げるように手紙を侍女に返しました。

「わかったわ。さっさと持っておゆき」

「は、はい」

侍女はつんのめるように、後宮へと走ってゆきました。

「王妃さま。この間もクワン王子のところへ、見事なフカヒレが献上されておりましたよ」

一人の侍女が言うと、「私も見ました」「私も」と、侍女たちが次々に言い出しました。

「私は、ソフ地方の上等なお酒や砂糖が運ばれてゆくのを見ました」

「私が見たのは、チワナ産の見事な反物と銀細工でした」

王妃は白い扇を握りしめました。いつのまにか自分の好物や高価な逸品や特産品が、次々とクワンに届けられているというのです。

それらの産地はみな、王妃とヘスがクワン王子を派遣した場所や、その近くでした。クワンに助けられた地方の人々は、素朴なお礼の気持ちから、自分たちの身近で一番価値があるものを王宮に贈ってきたのです。

地方でのクワンの活躍は、王宮の中でも話題になっていました。

「クワン王子が、今度は馬盗人たちを捕らえたそうだ」

「牧場の者たちは王子に感謝して、一番足が速く美しい黒馬を贈ったというぞ」

「そういった馬や宝飾品以外の分けられるものは、自分を手助けした地元の者たちに惜しみなく分け与えているとか。まだ十六だというのに、下々に配慮できるとは、意外にできた人物だ」

王妃の手前、表立ってではないものの、こんな賞賛の声が囁かれていました。クワンは険しい山を登り、荒れる河を下り、人や獣を捕らえ、時には盗賊や海賊と剣を交えながら、必ず王宮に還ってきました。

それを「まるで懸賞金稼ぎのようだ」と揶揄《やゆ》する者もいましたが、民を救い、王宮の評判を上げているという事実は、誰もが認めざるをえませんでした。

そんなクワンの活躍に、ミナ王妃は歯噛みして悔しがりました。自分の思惑とは裏腹に、それらが全て手柄《てがら》になってしまうだけでも忌々しいうえに、「第二王子クワン」の名は、王宮の内外にじわじわと浸透していったからです。

「ああ、なんてこと。このままではクワンを王になどという声が出てこないとも限らないわ」

「大丈夫ですよ、王妃さま」

苛立つ王妃をヘスは慰めました。

「確かにクワン王子の名は、この半年ほどで大きく広まりました。しかし、だからといって民は、クワン王子をハヌル王子と同等に王位を競う人物だなどとは見ておりません」

「本当か？」

「はい。クワン王子は巷では『うつけ者』や『遊び人』と呼ばれております。王宮の仕事以外のときは、とても正気とは思えぬ格好で、市井《しせい》をうろついているそうでございますから」

ヘスの言うように、最近のクワンはその武勇伝だけでなく、外見もまた話題の的でした。着崩した衣に派手な絹を巻き、孔雀の羽根や色石のついた耳飾りや腕輪や指輪を身につけるなど、三国一派手好みの江南でも、「あれはやりすぎだ」と言われるほどだったからです。

「クワン王子には品がありません。やはり育ちが滲《にじ》み出るのでしょう」

ヘスの言葉に、王妃は心から安心して微笑み、優越感に浸りました。

実はクワンの身につけているものは、大半がもらい物でした。クワンの名が知れ渡ってゆくとともに、「ぜひこれをお召しください」と、たくさんの布や衣服や宝飾品が献上されていたからです。それは地方からだけでなく、都の職人や商人からもでした。「何か助けたわけでもないのに？」とクワンは首を傾げましたが、彼らにはしたたかな計算がありました。

商人や職人たちは、自分たちの売る新しい染色や織りの技術を宣伝したかったのです。背が高いので大勢の中にいても目立ち、どんな色や柄にも負けることのないクワンの容貌は、彼らにとって格好の歩く看板でした。こうしてクワンはほとんどお金をかけることなく、日々斬新で豪華な物を身につけることができたのです。そんなクワンの外見は、

「女のように飾りたてて。あれがほんとに傷を負いながら、猛獣と戦った英雄かね？」

などと言われ、年配者には不評でしたが、若者たちからは、

「あの成果に、あの型破りの外見。きっと常識にとらわれない面白い人物に違いない」

と評判になり、特に年頃の娘たちは、

「あれがクワン王子？　もっと怖そうな、いかつい人かと思ったら違うのね」

と噂し合いました。軽やかな印象が、武勇伝につきものの血の匂いを消してくれたからです。

また子どもたちは、お抱えのお針子に作らせたものを着ている他の王族たちとは違い、市や店の吊るしで売っているものを身につけた英雄に親しみを覚え、鶏の羽根を頭につけたり、貝を胴紐につけたりして真似をしました。クワンが黒い愛馬に乗って街道を行けば、

「クワンさま！　クワン王子さまだ！」

と、追いかけては手を振りました。

クワンはもともと体格も容姿も申し分ないほど恵まれていたので、磨けば光る玉で

した。そして石ころのように尖ってごつごつとしていた少年は、この半年ほどで大きく変わりました。人の悪意というやすりで削られ、好意という布で磨かれ、玉は光り始めたのです。

皮肉にもミナ王妃のおかげで、江南中で知らぬ者のない存在となったクワンは、やや揶揄もこめて「三国一の花美男《はなびなん》」と呼ばれるようになっていました。

(仕方ない。クワンは隠そうとしたって、目立つんだものな)

セオはクワンに、「身なりをもっと地味にしろ」とはあえて言いませんでした。その奇抜な外見は、せっかくの功績の評価を落としかねないものでしたが、

(これで外見まで好青年では、評価が高くなりすぎる。今は馬鹿に見えるくらいのほうが、王妃たちに警戒されなくていい)

と、思ったのです。

日々人気が高まるクワンの噂は、後宮の奥にいるウィー王女の耳にも入ってきました。その噂を聞くたびに、王妃と違って、王女の胸は嬉しさに高鳴りました。そして王女の中では、ある一つの考えが日増しにつのってゆきました。

ある日、嫁ぎ先から帰っていた一番上の姉姫に、ウィー王女は切り出しました。

「姉さま。少し、頼みごとがあるのだけれど……」

「まあ、どうしたのウィー。私にできることだったら、なんでも言ってちょうだい」

おとなしい妹を心配していた姉姫は、優しく尋ねました。

「私、ちょっと遠出をしてみたいの」

「どこへ？　街の劇場？　芝居小屋？　それとも音楽堂かしら？」

「あの、海へ……」

「ああ、ひょっとして私のお城に来たいの？　もちろんいいわよ」

「違うの。姉さまのお城ほど遠くないところに、湾があるでしょう。あの、珍しい真珠が採れたという……」

それを聞いたとたん、姉姫の表情が曇りました。

「ウィーったら。急に自分から海へ行きたいなんて言い出したかと思ったら……。ねえ、あなた自分が何を言っているかわかってる？」

「え、ええ」

「あんなところ、何もないし、わざわざ出かけていくところじゃないわ。第一、あそこは封鎖されているところじゃないの」

「封鎖……」

「そうよ。王命による永久封鎖地区。これが何を意味するかわかる?」

「………………」

「それがわかったら、もうそんなことは言わないで。いいわね」

「はい。姉さま……」

ウィー王女は、目上の姉に逆らうことはできませんでした。「封鎖」という言葉に、王女は自分の心もまた閉ざされたような気がしました。


さらに月日が過ぎ、年が明けて十七歳となったクワンの「仕事」は、最初のときと比べて少しずつ楽になっていました。それは本人が経験を積み、成長したせいでもありましたが、今や国中どこへ行っても、

「クワン王子が来てくれたぞ!」

と、地元の人々に歓迎されたからです。特に海岸地帯は〈商会〉の力が強いので、その場所に着くと、すでに腕に自信のある者たちが勢ぞろいし、

「何でもおっしゃってください、クワンさま」

と、待っていることさえありました。

こうして王妃に命じられる嫌がらせのような仕事が片づきやすくなる一方で、クワ

ンが国中を歩くもう一つの目的は、なかなか果たせませんでした。

それは、あの湾に毒を流した人間を探し出し、裁きの場に引き出すという計画でした。セオもまた、王立学院へ通いつつ、地方へ行くクワンに同行し、あるいは一人で、いろいろな記録を読み漁り調べていましたが、なかなか決定的な人物に近づくことはできませんでした。

そんなある日、二人は「ぜひこの新作をクワン王子さまに」と献上しにきた宝石商から、思いもよらない話を聞くことになりました。それは二年前、たまたま手に入れた一つの首飾りを売ったことから、一財産を築いたという若い男の話でした。

「へえ、たった一つの首飾りか。それは、よっぽど高価な金剛石《こんごうせき》か何かだったのか？」

宝石商がくれた龍の指輪を長い指にはめながら、クワンは尋ねました。

「いえいえ。ただの銀と真珠ですよ。だからそれを売っただけでなく、それを売った相手が縁となって、いい儲け話をもらったんじゃないかって、みんなで噂したものでしたね」

「銀と真珠？」

クワンはセオと顔を見合わせ、こう続けました。

「それは羨ましい男だな。俺も、そんな幸運にあやかりたいものだ」

「またまた、今や飛ぶ鳥を落とす勢いのクワンさまが何をおっしゃいます！」

宝石商は大笑いした後、少し小声で言いました。

「その幸運な男、今は大していい暮らしはしていないそうですよ」

「ほう、それはまたなぜだ？」

「なんでも、一時は羽振りがよかったものの、酒に溺れて商売で失敗したって話です。あぶく銭は身につきませんね」

「――そうか。今日はいいものを持ってきてくれたな。礼を言うぞ」

「こちらこそ。クワンさまが気に入って身につけてくだされば光栄でございます」

宝石商が〈竹の館〉を一歩出たとたん、クワンはセオに言いました。

「絶対あいつだ。俺の首飾りを拾った後に、何か金になるようなことをしたんだ！」

セオはうなずき、即座に宝石商が語った噂を調べました。その噂は一部では有名だったらしく、男は意外なほど簡単に見つかりました。都のはずれの川のそばの、貧しい者たちばかり集まって暮らす吹き溜まりのような界隈に、「一夜で長者になり、一年で落ちぶれた」と言われる者がいたのです。

クワンとセオは、さっそく男がよく現れるという安酒場に向かいました。しかし、

「一夜長者」と呼ばれ、ボロをまとい、人から酒をせびっている猫背の男を見て、クワンは舌打ちしました。その姿はどう見ても、二年前に殴り合った男とは別人だったからです。

「あんなよろよろした奴じゃない。帰るぞ」

しかし周りの客に気づかれないよう男のほうをじっと見ていたセオは、クワンの耳元で囁きました。

「クワン、奴の手を見ろ」

口に運ぶ器から、だらだらと酒をこぼす男の震える手には、髑髏の刺青がありました。

「あれは……！」

「間違いない。奴だ」

二人は目配せし合い、杖をつきながら千鳥足で店を出る男の後を追いました。そして人家から離れた場所で、クワンはその男の肩を叩きました。

「探したぞ」

ゆっくりと振り返った男は、黄色く濁った目でクワンを見上げました。ほんの二年前にはクワンを見下ろしていたはずでしたが、今やその顔はずいぶん下にあります。

たからです。クワンの背が伸びただけでなく、男の体が杖をつかねば歩けないほど腰が曲がってい

「さあ来い。おまえの知ってることを、洗いざらい話してもらうからな！」

クワンは男の垢で汚れた襟元をつかみましたが、男はクワンのことどころか自分のことも覚えていない年老いた老人のように、歯の抜けた口でひゃっひゃっと笑いました。

「セオ……、こいつ変だぞ。俺たちとそう変わらないはずなのに、百歳の爺さんみたいだ」

クワンはなんだか薄気味悪くなり、セオを見ましたが、セオは少し離れたところで、誰かを探すようにあたりを見回していました。「おい、セオ！」

「すまん。今、俺たちを見て急に走り出した男がいたような気がしたんだが……」

見間違いかもしれないと思いつつ、セオもまた何かぞっとしないものを感じていました。

「とにかくこいつを早く役所に突き出そう」

二人は男を引きずるようにして歩かせ、罪人を捕らえる役所に突き出しました。

「これでやっと真実がわかる。あいつがいくら腑抜けでも、きっと何か聞き出せるは

ずだ」

帰り道でそう話しかけるクワンに、「ああ」と、セオは生返事を返しただけでした。男が暴れたり逃げ出したりもせず無抵抗だったことに、セオはかえって嫌な予感がしたのです。

王宮の執務室で、ヘスは知らせを持ってきた部下に聞き返しました。

「何？　クワン王子が、『湾に毒を流した男を捕らえた』だと？」

「はい。王子が言うには、捕らえた罪状は窃盗――自分の首飾りを盗んだことだそうですが、『詳しく聞いてゆけば、必ず湾に関する罪が出てくる』と役人に申し立てたそうです」

ヘスはふっと口の端で笑いました。

「放っておけ」

「よろしいのですか？」

「あの男は、すでに廃人も同然。まともな証言などできるものか」

「わかりました」

しかし夜になると噂は王妃の耳にも入り、ヘスはその部屋に呼び出されました。

「ヘスよ。何やらクワンが騒ぎたてているというが、いったい何ごとだ？」

「はい、王妃さま。ご説明いたします。王妃さまは、封鎖された湾のことをご存じですか？」

「封鎖された湾？」

「一時は、いい真珠が採れると、国中で話題になったことがございました。そう、今から二年ほど前でございますが……」

「ああ、あの湾のことね」

王妃は嫌な虫の名前を聞いたように、顔をしかめました。

「思い出したわ。そこで採れる真珠は、我が一族の真珠と同等か、それ以上の質だなどと噂する者もいたと……そんなことが、あるわけもないのに」

「はい。王妃さまのお父上が管理する真珠は江南一、つまりは三国一の大きさと美しさ。それは今も昔も変わりません」

王妃は気分を直し、ヘスに尋ねました。「それが、クワンとどういう関係が？」

「クワンさまは、その湾の出身でございます」

「ああ……そうだったわね」

当然、一度は耳にしたことがあるクワンの出自でしたが、王妃にとって不快なことや興味のないことは、記憶からはすっぽりと抜け落ちていました。「それで？」

「湾は貝の疫病による水質の悪化のため、民の健康を考えた王さまの命により、封鎖されております。しかしクワンさまは、そのことについて誤解なさっているのです」

「誤解？」

「はい。クワンさまは、ご自分の故郷に起こったことを、天災だとは認めておりません。あまりに悲しい出来事ゆえに、誰かのせいにしたいのでしょう。そこで、今回捕らえた男が『湾に毒を流した』あるいは『そのことについて知っているはずだ』と言っているのです」

「天災を人のせいに？」

信じられない、というように王妃は目を見開きました。

「では、クワンは自分に都合が悪ければ、雨や雪や嵐も、誰かのせいだと言うの？」

「そのようですね」

いかにも困ったことだ、というようにヘスは首を振りました。

「なんと愚かしい！　まるで三つや四つの子どものようだわ。それで、クワンは罪もない行きずりの民を自分の思いこみで捕らえ、役所に突き出したというの？」

「左様でございます」

「ああ……、仮にも王族に名を連ねる者が、そんな無体なことをしたなどと民に広まったらどうなることか！　ヘスよ、即刻クワンの捕らえた者を釈放なさい」

「はい。仰《おお》せの通りに――」

王妃の部屋を出たヘスはすぐに役所に向かい、牢にいた男を釈放するよう命じました。

真夜中の〈竹の館〉に、クワンの激昂した声が響き渡りました。

「あの男が釈放されただと！」

「静かに。リアンさまが起きるぞ」

クワンは怒りを抑え、小声でセオに詰め寄りました。「いったいどうしてだ？」

「何を聞いてもまともな答えが返らず、湾のことどころか、首飾りのことすら証言が取れなかったからだそうだ」

「それにしたって早すぎるだろう！」

クワンは上着を羽織りました。

「どこへ行く？」

「役所だ。決まってる」

部屋を出ようとするクワンをセオは止めました。

「やめておけ。『クワン王子は、抵抗も反論もできない酔っ払いを捕まえ、罪をでっちあげた』――そんな噂が立っているぞ」

「なんだと？　いったい何で俺がそんなことをしなきゃいけないんだ！」

「『さらなる手柄と名声、そして自分の故郷の人々からの敬愛が欲しいから』だそうだ」

「馬鹿な……！」

唇を噛み、拳を握りしめるクワンに、セオは袂から小さく折った紙を出しました。

「落ち着け。どのみち、あの男があそこまで壊れていたら、裁きの場に出すのは無理だったんだ。別の証人を探そう」

「別の証人？」

セオが見せた紙には数人の名前が書いてありました。

「これはあの男の家族に聞いた、あの男が一番羽振りのよかったころ、関わっていた者たちの名だ」

「おまえ、いつのまに……」

驚いたクワンはようやく床に座り、セオの話に耳を傾けました。

男を捕まえたとき、誰かが走っていったような気がしたセオは、てっきり男の家族だと思いました。身内が捕まったのを、他の家族に伝えにいったのだと思ったのです。

しかしクワンと別れ、一人で男の家を訪ねたセオが見たものは、老いた母親と、幼い二人の子どもを抱えてやつれた妻の姿で、自分が見たような者はいませんでした。

さらにセオが、「ご主人は？」と聞いただけで、母親も妻もなげやりに言いました。

「また酒代のツケかい？」

「ウチには払う金なんかないよ」

セオはとっさに機転をきかせ、「いいえ。私は数年前に、ご主人にお金を借りた者です。少額ですが、お返しにまいりました」と言って、母親に銀貨を一枚渡しました。

すると母親も、それを見た妻も、たちまち態度が変わりました。

「こ、これは、とんだ失礼なことを……」

「こちらこそ。それより、ご主人はお元気ですか？」

「いいえ。今じゃもう商売どころか、自分の身の周りのことだっておぼつきませんよ」

母親も妻も、自分の息子であり夫である男が捕まったことをまだ知らないようでした。セオはとぼけて、「おや、何か、ご病気でも？」と、話を続けました。

「酒です。みんな酒が悪いんですよ。高い酒ばっかり飲んでましたからね」

「そうですか。いいお酒のほうが悪酔いしないといいますが、量が過ぎたんですかね」

「そう。変でしょう、お客さん！」

急に妻が家の中から一つの壺を持って出てきました。「これ、これなんですよ。いくら他の酒を買ってきても、この酒しか飲まなくなっちゃって。でも、これを飲むと日がな一日ぼうっとして、全然仕事にならないんですよ。だから、飲まないでくれって言ったのに、いくら言っても聞いてくれなくて……」

妻は泣き出し、幼い子どもたちがその体にしがみつきました。セオはもう一枚銀貨を出すと、「これはお見舞いです。お子さんたちに菓子でも」と、妻に握らせました。

「これが、その壺だ」

セオは男の妻からもらってきた、酒の入っていた壺を取り出しました。

「母親が言うには、『一度だけ味見した。この世のものとは思えぬ夢のような味だった』そうだ」

「……夢のような味？」

クワンは壺の中を嗅いでみましたが、かすかな匂いさえ残っていませんでした。

「ああ。だが、『一口飲んだことがばれて、息子に半殺しにされた』とも言っていた」

「母親を？」

クワンは母親をそんな目にあわせる男が、正気とは思えませんでした。

「つまりこれは、普通の酒じゃないってことだ」

「そうだ。そして、いつもこの酒を持ってきたのは……」

セオは、紙切れの一番上にある名前を指さしました。「この男だそうだ」

「怪しいな」

「ああ。こいつら全部怪しい。金や儲け話を運んできた奴、つるんでた仲間……」

「よし、そいつらをこれから調べよう」

そのとき、隣の部屋から、「クワンさま」と、乳母が恐る恐る声をかけました。

「王妃さまの、お使いの方がいらっしゃっております」

「こんな時間に？」

とセオが聞き、クワンもおかしいと思いつつ立ち上がりました。二人が外へ出ると、館の前には、松明を持つ供を連れたヘスが立っていました。

「お久しぶりです。クワンさま」

ヘスは深々と頭を下げましたが、ゆっくり顔を上げると、松明に照らされた顔には不気味な笑みが浮かんでいました。

「最近は、ずっと都にいらっしゃって退屈でしょう。人間は退屈だと、ついつい余計なことを考えてしまうものですね」

「……！」

前へ進み出ようとしたクワンを、後ろからセオが止めました。

「王妃さまからの、お願いを申し上げます。先日の大雨で洪水と土砂崩れにあい、百人の死傷者が出たケセ村へ行き、村を立て直してくるようにとの仰せでございます」

「村を立て直す？」

クワンは聞き返し、セオも乳母も、今回の仕事がいつもと違う内容だと気づきました。

「はい。土砂崩れで行方がわからなくなった村人の捜索と、新しい橋と堤防の建設と……」

「まさか、それを全部クワンさま一人でやれと？」

乳母が思わず口を挟みました。

「もちろん、クワンさまと村の民とでございます」

「お言葉ですが、ケセ村の被害は相当なものと聞きます」

今度はセオが反論しました。

「村人たちも身内や財産を失い、茫然自失のはず。まだ大きな働きができるとは思えません。クワン……いや王子の負担が重すぎます」

「ですから一日二日ではなく、たっぷり時間をかけてどうぞと言っているのですよ。その間のリアンさまや使用人たちの生活は王宮が保証いたしますので、どうぞ心置きなく――」

ヘスはそう言って、再び深々と頭を下げました。

「よろしくお願いいたします。王子さま」

館に入ったクワンとセオは、奥の書斎のさらに奥にある、秘密の隠し部屋に入りました。

「不自然だ。このいつにもまして無理な命令は、おまえを都から離すためだ」

セオの言葉に、クワンはうなずきました。

「ああ、だからこそ、これではっきりした。俺たちが近づいた相手と、あいつらはっながってる。あるいは……」

「同じだな」

向かい合う二人の脳裏に、あの豊かな海と湾での暮らしや、理不尽な別れと突然の再会、そして今までの日々が蘇《よみがえ》りました。

「とにかく早く、この中からまともな人間を探さなきゃな。誰に命令されたか、ちゃんと記憶や証拠があり、証言できる人間を。ケセ村のことは、急いで二人で片づけよう」

しかしセオの案を、クワンはきっぱりと断りました。

「いや、村には俺一人で行く」

「何言ってる？　今回の仕事は一人では無理だ」

「そうさ。だからだ。これ以上、証人を消されないうちに、おまえが探してくれ。俺の名や〈海竜商会〉の力を使ってもいい。頼むぞ」

「……わかった」

クワンは隠し部屋を出ると、手早く旅支度を始めました。「今から行かれるのですか？」と驚く乳母に、

「そうだ。少しでも早く片づけて、一日でも早く帰ってくる」

と言い残し、クワンは夜の王宮を飛び出しました。

十一　誘惑

　二日がかりで山奥の村に着いたクワンが見たものは、集落のほとんどが土砂に埋まってしまった、見渡す限り土色の風景でした。巨大な水たまりのようなのっぺりとした泥の中に、なぎ倒された樹々や家々の一角が、ようやく顔を出しています。その泥と同じ色の人々は、クワンが来たからといって歓迎も反発もせず、疲れきった顔で、泥の中から食べられるものや使えるものや、はぐれた人を探していました。

(これを立て直せだと？　この村を？　この人々と？　いったい何ヵ月かかるんだ？)

　覚悟はしていたものの、クワンはあまりの光景に茫然と立ち尽くしました。そして次第に、こんな被害のあった場所に、自分一人しか寄こさない王宮への怒りがざわざわと湧いてきました。

（さっさと百人でも兵士を寄こせば、どれだけ早く仕事が進むことか。俺を長く都から遠ざけるために、わざとこの村をほったらかしにしておくのか！）

しかし、ここで不貞腐《ふてくさ》れて投げ出しても、自分を嫌っている人間を喜ばせるだけです。王宮への人や物の要請は夜やることに決め、クワンはすぐに村人たちといっしょに、泥に埋もれた遺体を掘り出し始めました。

鍬や鋤のようなものも流されてしまったため、手ごろな棒で大きな石や壊れた家をひっくり返します。そして見つけた泥人形のような遺体を洗うため、唯一澄んだ水が汲める高台の井戸まで、何度も手桶をかついで往復しました。家族の遺体を前に泣き伏して何もできない者がいれば、代わりにその泥をぬぐって弔いました。

行方がわからなかった人々がほぼ見つかると、今度は新しい家作りをする人々を手伝い、堤防を築くための土嚢を運びました。

クワンはただただ早く都に帰りたかっただけでしたが、昼夜を問わず働くその姿に、村人たちは驚き、心を打たれました。

「信じられない。身内でも目をそむけたくなるような軀《むくろ》を、丁寧に拭いてくれるなんて」

「村の者の誰よりも遅くまで働き、誰よりも朝早く起きてまた働いているぞ」

「民のために身を粉にして働くという、第二王子の噂は本当だったのだ」

村人たちは次第にクワンに近づき、礼の言葉をかけるようになり、クワンもまた寝食をともにするうちに、村人たちに情が移ってきました。着いた当初は放心した人々に、

(こんな状態では復興なんて三、四ヵ月、いや半年はかかるぞ……俺はいつ帰れるんだ?)

と、絶望的な気持ちでしたが、橋や家ができて村の形が蘇り、自腹を切って王宮に頼んだ食料や布が届くと、徐々に人々の顔には生気が戻り、子どもたちの顔にも笑みが浮かぶようになりました。クワンは心底から安堵し、

「よかった。これならもう大丈夫だ。俺は帰れるな」

と言いましたが、そのとたん、村人たちは仰天し、いっせいに懇願しました。

「そんな! クワンさま。まだ都に帰らないでください」

「ずっとここにいてください。私たちを見捨てないでください!」

「そう言われても……できない約束をするわけにはいかないからな」

クワンがそう断ると、「では、側室でもいいです。村の娘を妻に」と、村人たちは若い娘たちを連れてきました。これには今度はクワンが仰天しました。

「俺はおまえたちのためにやってるんじゃない。自分のためなんだ。女もいらん！」

その言葉を聞いた村人たちは、

「なんと欲のない方だ……」

と、ますますクワンを慕うようになりました。村の男たちは自分たちの家を作りかけのまま、総出でクワンの家を建て、女たちは手に入る限りの材料でご馳走を作り、子どもたちは花を摘んで持っていきました。クワンは目覚めるたびに変わってゆく周りの様子に困惑し、

「おまえたちは、こんなことしなくていい。俺が手助けにきたんだぞ？」

と言いましたが、クワンの善意を信じて疑わない村人たちは笑顔でうなずくだけでした。

（どうしてこうなるんだ？　助けてくれセオ！）

クワンが弱りきって天を仰いでいたころ、セオもまた旅の空を見上げて、ため息をついていました。

この二十日あまり、昼夜を問わず、男の家族から名前を聞き出した人物たちを訪ね歩いていましたが、彼らはみな事故や病気で死んでいたり、酒や薬で廃人のようになっていて、話を聞ける者は皆無だったのです。かろうじて家族や周りの者から聞くこ

とができた話も、「なんか名前も知らない男から、いい話をもらったとか自慢してたねえ」「ちょっと働いただけで金貨が何十枚とか言ってたよ」という漠然としたものばかりでした。

(おかしい。みんな、あの刺青の男と同じだ。たいがい急に羽振りがよくなるが、すぐに落ちぶれる。だが金に不自由しているはずなのに、なぜか酒や薬だけは手に入る……)

セオは懐《ふところ》から紙を取り出しました。もう暗記してしまったそれらの名前のうち、訪ねていないのは、あと一人だけです。

都から遠く離れた牢に入っている男に会うために、セオは一軒の宿屋に泊まりました。食堂で出された夕食をとろうとして、セオはふと匙を止めました。十数人の旅人でごったがえす食堂の角に、見覚えのある顔があったのです。

(あの男、前の宿にもいたな)

セオは粥を盛られた器を持ち、そっと宿の外へ出ました。宿の周りには厨房から出る残飯を目当てに、野良猫たちがうろついていました。セオが器を地面に置くと、野良猫たちが集まり、がつがつと粥を食べ出しました。

(何も入っていなかったな。考えすぎか)

セオは懐から取り出した袋の中の煎り豆を、夕食がわりにぽりぽりとかじりました。

「毒など入れてませんよ」

低い声にはっとして振り返ると、先ほど食堂にいた男が立っていました。

「少し、お時間をよろしいですか？　私の主が会いたがっております」

丁寧な口調でしたが、その声には有無を言わせないものがあり、長い上着の下に剣を携えているのがわかりました。

（どうやら……逆らってもいいことはないな）

セオは黙ってうなずき、宿の裏手にある森を歩き出した男についてゆきました。半月の明かりと、男の持つ灯《あか》りを頼りに森の中をついてゆくと、どんどん宿は遠ざかり、その窓の灯《ひ》は見えなくなりました。

（どこまで行くんだ？）

うっかりついてきてしまったものの、ひょっとしてここで消されるのか、と思い始めたところで、森は途切れました。

意外に広い街道に出ると、そこには一台の馬車が停まっていました。どうやらかなり裕福な人間が乗っているようです。男はその中に乗っている人間に何やら報告する

と、セオを手招きしました。馬車の中は見えませんでしたが、

「そう警戒するな」

と話しかけてきた低い声は、四十過ぎの男のようでした。

「おまえのような者を、そこらの欲をかいた連中と同じように簡単には壊さん。王立学院に首席で入学した者を」

セオは驚きました。この男は自分から、多くの人間を酒や薬で壊してきたことを認めたのです。それを自分に教えても構わないということは、どうせ証拠は見つけられまい、と確信しているからでしょう。残念ながら、それは事実でした。

この一月ほどの間に、セオは限界を感じていました。敵は強大で巧妙です。惜しげもなく大金をばらまいては人を動かし、簡単に壊しては逃げ、こちらには打つ手がありません。

〈考えてみれば当たり前だ。〈商会〉だって、あのときはそれなりに調べたはずだしな〉

何万人もいる〈商会〉の人海戦術をもってしても、手掛かりはつかめず、真相を解明することはできなかったのです。クワンと自分の二人だけでは勝てるわけもありません。

（しかし、この男の声、まさか……？）

セオが無意識に馬車の中をうかがおうとすると、案内してきた男が鋭い視線を向けます。どうやら少しでも相手の意に染まぬ動きをしたら、たちまちこの親しげな態度が変わるのでしょう。セオは下手に動くのをやめました。

「おまえは優秀だ。だがこの国の最高学府を出ても、クワン王子の傍《そば》にいては将来はない。クワン王子は、確かに人を引きつけるものを持っているが、欠点も多い。庶民の中で育ったため、責任ある立場にある者の教育を受けていない。過去や妹姫のことなど、感情に流されやすく不安定だ」

そんなこと知っている、とセオは思いました。誰に言われるまでもなく、クワンの美徳であり弱点であるあの性格はセオが一番よくわかっていました。

「誰に仕えるかは大事だ。それさえ間違わなければ、道は開ける。おまえと同じ学び舎に通う若者たちを見るがいい。都に残る者は王宮に入って国を動かし、地方に帰った者は地方の長となり、その土地を治める。そして家柄のいい妻をめとり、子どもも何不自由なく育てられる」

それもまた、誰に言われるまでもない――セオは目を閉じました。今はもうない自分の育った荒れた家と海辺と、そこに住んでいた人々の顔が浮かびました。

「よく考えて選べ。優秀な自分にふさわしい人生を。自分にふさわしい主を」

セオは目を開け、馬車の男に向かって答えました。

「残念ながら私の主は、もう十四のときに決まっている」

「それは残念だ」

男はしばし沈黙した後ため息をつき、こう尋ねました。

「……では、これからも、クワン王子とともに茨《いばら》の道を行くのかな？」

「困難な道を歩んでいない者などない。あの湾を出た者は、全てみなだ」

セオはそう言うと、馬車の窓に手を伸ばしました。

「顔を見せろ卑怯者！」

窓に手がかかる寸前、案内してきた男が飛び出し、セオを払いのけました。鋼のような腕で殴り飛ばされ、セオは草むらに叩きつけられました。

痛みと苦しさにうずくまるセオの耳に、

「もう少し賢いと思っていたが……やはり犬は飼い主に似るものだな」

という声と、「行け」という命令、そして遠ざかる車輪の音が聞こえました。

(妙に優しく話しかけられたから、わからなかった。あの口調、あの声……やっぱりな)

意識をなくしたセオが朝日と鳥の声に目覚めると、その体はぐっしょりと夜露に濡れていました。

「宿代……先払いして損したな」

セオは震えながら立ち上がり、懐から取り出した紙切れを握り締めると、迷うことなく最後の場所へと向かいました。


さて、セオにそんな誘いがあったとは夢にも思わないクワンは、村人たちがどうしても住めという真新しい家の寝台の上に寝転がり、村に着いて二度目の満月を眺めていました。

(前に見たのは、この村に着いて三日目だったな。少なくとも三十と三日は経ったのか)

月明かりの下で、クワンはセオからの手紙を開けました。夕暮れ時に届いたのですが、いつも同じ内容なので、すぐに開ける気にもなれなかったのです。

(どうせまた『訪ねたけど死んでいた』とか『廃人だった』とかいうんだろう)

そう思いつつ開けた手紙の内容に、クワンは飛び起きました。

(やった……！　やっとまともに証言できる男を見つけたんだ！)

手紙には、セオが最後に訪ねた男のことが書かれていました。男は皮肉にも、別な強盗の罪で二年間牢に入っていたせいで、酒や薬に溺れることなく壊れていなかったのです。

（その男の証言で、ヘスを裁きの場に引き出すことに成功した。日時は……）

クワンは急いで都から持ってきた暦を見ました。

「三日後じゃないか！」

あまりの早さに、クワンはこれが偽の手紙で、誰かの罠ではないかとさえ思いました。しかし何度確かめても見慣れたセオの筆跡で、脅されて嘘を書かされたような不自然なところもありません。クワンは手紙を信じることに決めました。

（そうなれば、ここでこうしちゃいられない！）

クワンは大急ぎで、自分の荷物から筆と紙を取り出しました。

「村のみんな、すまない。でも、もう本当に俺は必要ないんだ。橋もかけた。堤防も直した。俺のために建ててくれた家は、みなの集会場や学校にして使ってくれ。都に帰ったら、必ず流されたぶんの作物の種や種もみや農具と同じものを買って送る。約束する」

そんな内容の手紙を目立つ場所に置くと、クワンは手早く荷物をまとめ、村を抜け出しました。

　クワンは黒馬に乗って、山道をひた走りました。村人たちが世話をしてくれていた黒馬は、久しぶりに主を乗せて思いきり走れることを喜んでいるようでしたが、山道は一月以上前の土砂崩れの爪痕が、まだあちこちに残っていました。

（ここは降りたほうがいいな）

　村からだいぶ離れ、道の片側がえぐられて崖のようになっている場所で、クワンは馬を降り、ゆっくりと手綱を引きながら歩き始めました。

　月明かりで照らされた足元を注意深く見ながら進んでいくと、後ろから何者かが近づいてくる足音がします。

（村人か？）

　他に何もない山奥だけに、クワンはそう思いました。しかし立ち止まり、「おい」と呼びかけても返事はなく、「悪いが、いいかげんに俺を帰らせてくれ。大事な用が……」と言いかけたクワンに、暗闇から現れた男は、いきなり剣を振り上げてきました。

「うわっ！」

かろうじて避けたクワンは、月の光に冴える男の殺気立った目に、

(これは、別れを惜しむ人間の目じゃないな)

と悟り、剣を抜いてかまえました。

「……おまえ、村の者じゃないだろう。なんで俺を狙う?」

男は答えず、再び切りかかってきました。闇の中で剣と剣がぶつかり合い、火花が散りました。ついにクワンが男の腕に切りつけると、相手はうめいて膝をつき、剣を落としました。その剣を蹴飛ばし、クワンは素早く自分の剣を男ののど元に突きつけました。

「言え。おまえに命令したのは誰だ!」

男は答えませんでした。クワンは男ののど元に突きつけた剣を、ぐっと押しつけました。

「言え!」

「し……知らない。ただ、成功したら報酬を、やると……言われただけだ」

セオの手紙にあった奴らと同じだと思うと、クワンはやりきれない思いがしました。

「……なんでみんな、そう簡単に引き受ける? ただ何かを運ぶ、何かを川に流すっ

て……そんなことで名乗らぬ相手が大金を出すなんて、まともな依頼のはずないだろう。なんで何も考えないんだよ！」

ほんの一瞬、脱力したクワンの手を振り払い、男は闇の中を駆け出しました。

「あ、待てコラ！」

追いかけたクワンの耳に、男の凄まじい悲鳴が響き、その姿が道に吸いこまれるように消えました。クワンは何が起こったのかわかりませんでしたが、月明かりの下を少しずつ進んでゆくと、あのえぐられた道の端が崩れているのが見えました。クワンはその下に耳をすませてみましたが、耳に冷たい風があたるばかりで、人の声は聞こえませんでした。

「………………」

空しい気持ちを抱えクワンは再び黒馬に乗ると、明るくなり始めた山道を、一気に都へと向かいました。森の樹々の間からは朝日が差し始め、鳥の声が聞こえていました。

ウィー王女は薄暗い書庫で、地理と歴史の本を何冊も調べました。

〈あった！　王命による封鎖地区——江南国《カンナムこく》の中で、特別に危険かつ重要な要因があり、立ち入り禁止に指定された地区……。現存するものは、一、ノテウォン火山——毒性の強い煙により半径一里、風向きによっては数里の圏内にある動物が死亡するため。二、黒流島《こくりゅうとう》——重犯罪者の流刑島。三、湾——原因不明の貝の奇病発生により永久に封鎖。〉

湾のことを考えながら書庫を出た王女は、前から来た男の人とぶつかりそうになりました。

「これは、ウィー王女さま。失礼いたしました」

「テジク大臣。あら、あなたがそんな本を？」

武骨な大臣が何冊もの物語を抱えているのを見て、王女は意外な気がしました。

「お恥ずかしい。だが、これは娘たちに頼まれたのです。町で売っているものも買い与えているのですが、これは有名な画家の肉筆画がついた特別版ですからね。王宮にしかない。もし傷つけたりなくしたりしてしまったら、小さな家一軒買えるほどの金額を弁償しなければならないので、こうして返すまで気が気ではありませんでしたよ」

「あら、そうだったの」

そんな画家の本だったら、いくらでも持っているけど、とウィー王女は思いました。

(王宮に代々仕え、農園や茶畑をいくつも持っている大臣にとっても、高価なものだったんだわ)

ウィー王女がそう思ったとき、一つの考えが頭に浮かびました。

「そうだ。大臣、お願いがあるの。ちょっと待ってて」

ウィー王女は自分の部屋に戻ると、何冊かの本を布に包んで持ち出しました。

「これを、娘さんたちに差し上げるわ」

「何ですか、これは?」

包みを開いたテジク大臣は、宝石や螺鈿がはめこまれた工芸品のような絵本に驚きましたが、笑みを浮かべながら言いました。

「これはいただけませんよ、姫さま。王さまや王妃さまからの大切な贈り物ではありませんか。しかも一冊で馬一頭は買える品だ。ご親切なお心だけ受け取って娘たちに伝えます」

テジク大臣は王女の純粋な親切心だと思い、丁寧に断りました。しかしウィー王女の、

「お願い。受け取って。そして、私の願いを聞いてほしいの!」

という言葉に、大臣は驚きつつ、こう聞き返しました。

「王女さま。それは私と取引がしたいということですか？」

「ええ」

「いったい、どのような？」

二人は誰も来ない廊下の突き当たりに行き、王女は大臣に打ち明けました。王女の行きたいという場所を聞いた大臣はため息をつき、首を大きく振りました。

「なぜ、そんなところに行きたいのです？　あそこには何もありませんよ。永久封鎖地区だということは、人っ子一人いないということですからね。何も見るものはありません」

「いいの。それでもいいの。私は見たいの」

「外の世界に興味を持つのはよいことです。でも、他の場所ではいけないのですか？」

「私は、あそこへ行ってみたいの」

「その理由をはっきりとおっしゃっていただかなければ、承諾することはできません」

「……わかったわ」

ウィー王女は心を決めました。

「クワンさまが生まれたところだから行きたいの。行ってみたいの。あの方がどんなところで生まれ、どんなものを見て育ったか、私は知りたいの」

「…………」

ウィー王女の真剣なまなざしに打たれつつ、

（これは困ったことになった）

と、テジク大臣は思いました。

「わかりました。では何か手がないか、調べてまいりましょう」

「ありがとう大臣！　ありがとう！」

逃げるつもりだった言葉に期待に輝く瞳で返され、テジク大臣の心は動きました。

（クワン王子とウィー王女は異母姉弟。何か問題が起こることはない。そうだ、普通に考えれば、これは単なる弟王子への興味や憧れなのだ……）

しかしミナ王妃は決して、自分の娘がクワン王子に「憧れ」を持っているなどと認めないでしょう。クワン王子が自分の娘をたぶらかした、悪意を持ってわざと近づいた――それがたとえ姉弟の関係であっても――そう解釈し、断罪するかもしれません。

(そうなったらクワン王子は身の破滅だ。ウィー王女も……)

若い二人をそんな目にあわせることはできない、と大臣は思いました。しかし一方で、誰が見ても母親の言いなりだった内気なウィー王女の、ほとんど初めて抱いた「夢」を叶えてやりたいという気持ちもありました。

(あの切ないほど真剣な、未知のものへの好奇心、他者を理解したいと願う気持ち――あれは人が当たり前に持つ感情だ)

四人の子どもと多くの部下を育ててきた大臣にとって、それは決して潰したくないものでした。そして大臣は内心、つねづね王宮の内外で王妃の一族に忖度《そんたく》して、いろいろなことが決定されてゆくことが不満でした。王妃やその一族が、何かを禁じたり咎めたりした後ならばともかく、まったくなんの命令も出されていないうちから、「そういったことは、王妃さまのご機嫌を損ねるぞ」「そんなことをすると、あの一族が黙っちゃいないぞ」という憶測だけで人々が動き、多くの税や人間を使う事業が決められてゆくのです。

(そういうことはおかしいと思いつつ、私もまた同じことをしてしまうところだった)

一晩考え抜いた末、テジク大臣は心を決めました。

十二　裁き

馬を走りに走らせ、クワンは一日半かかってようやく都に帰り着きました。

（どうにか、明日の裁きにはまにあったたな……）

ほっとして馬をゆっくりと歩ませていると、王宮に向かう大通りのあちこちに、ひらひらと揺れる張り紙が目に入りました。

（ずいぶん多いな。何が書いてあるんだ？）

クワンは馬から降りて、一番近い張り紙を読もうとしましたが、いきなり見知らぬ男がそれを破り取り、大急ぎで走り去ってしまいました。

「なんだ？」

その男に文句を言うまもなく、王宮のほうからたくさんの王兵が現れたかと思うと、

「どけどけ！」

と張り紙に足を止める人々を蹴散らしては、張り紙を裂いてゆきます。それを見たクワンは、あの男の行動の意味がわかりました。

（そうか。王兵に破かれないうちに、持っていって読むつもりだったのか）

案の定、王兵たちは破れて落ちた張り紙を拾おうとする人々を、「拾うな！」「読むな！」と怒鳴りつけていますが、そんなことを言われるほど人は見たくなるものです。

クワンは王兵たちが通り過ぎるのを待ち、破られた紙をつなぎ合わせて見入る人々の声に耳をすませました。幸い「クワン王子」はいつも派手な格好だと思われているので、泥まみれの旅装束をした男が、「三国一の花美男」だと気づく者はいませんでした。

「見ろよ、『王妃の側近捕まる』だってさ」

「あの湾に『毒を流せと命令した』って書いてあるぜ。本当かね？」

そんな声に、クワンはにやりとしながら再び黒馬に乗り、王宮へと急ぎました。

「やったな、セオ！」

クワンは昼寝中のリアンの代わりに、〈竹の館〉で待っていたセオを抱きしめました。セオはうなずき、館の中で、クワンにここ半月あまりのことを詳しく説明しました。

「牢にいた男は、俺に会うなり『何も知らない』と言った。『やってない』ではなく『知らない』と」

「『知ってる』ってことだな」

クワンは失笑しました。

「そうだ。あの事件に関わった人間がやたら死んだり、怪しい酒に溺れたりしてるってことも知っていた。だから本当はただのコソ泥なのに、何かと問題を起こしては牢にいる年数を延ばしてたんだ。用心深い男だったよ」

男は刑期を延ばして外へ出ようとしなかっただけでなく、新しく入る囚人にも警戒していました。怪しい新入りが来ると、わざともめごとを起こし独房に入っていたのです。

「牢の中の喧嘩や諍いに見せかけて、殺されるかもしれないと思ったんだな」

「ああ。罪人同士の喧嘩は日常茶飯事《さはんじ》だ。それで死人が出ても誰もちゃんと調べない」

「で、おまえはどうやって喋らせたんだ？」

「『証言してくれたら〈海竜商会〉と話をつけてやる。おまえの名を出して信用させた。もともと外へ出たくなかったわけじゃない。ここを出たら頼れ』と言った」

男は行商人で、あの祭りの前日、湾の上流の集落に荷車で野菜を運んでいくところだったと言いました。その途中で馬車に乗った見知らぬ男に、「これをこの上流の橋まで運んでくれれば礼はする」と、大きな壺を託されたのです。物を運ぶだけというには破格の礼金につられて引き受けたものの、中身が気になり、橋の上で待っていた男に壺の中身を尋ねると、「俺も知らないよ。ただここで壺を受け取って、川に落とせば金をやると言われたんだ」と、相手は答えました。「あんたもだろ。あの馬車に乗ったヘスって男に」と――。

「橋の上の男は、偶然馬車の御者《ぎょしゃ》が、中に向かってそう呼んだのを聞いたそうだ。そして次の日、湾の騒ぎを聞いた男は、あの壺のことを思い出し、何か怪しいと思って、橋の上の男を探した。名も家も聞いていなかったのでなかなか会えなかったが、数ヵ月後に偶然酒場で見つけた。だが、そのときはもう酒浸りで、何も聞ける状態じゃなかった」

「…………」

「しかも、そのすぐ後に、壺を川に落とした男は、酔って橋から落ちて死んだそうだ。他にも、いくつも似たような話を聞いた男は……」

「牢のほうが安全だと、ずっと入っているってことにしたわけか」

クワンはふーっとため息をつきました。

「それにしても、その牢にいた男の証言一つで、よくヘスを捕らえられたな」

「ああ。最初、役所はまったく動かなかった。だからちょっと汚い手も使ったのさ。まず〈商会〉の手を借りて都中に千枚の張り紙をし、それが昼間剝がされれば、また夜に張り……」

そうして繰り返す間に、都中に噂が広まっていったのだ、とセオは言いました。

「もちろん、意図的に港や酒場でも噂を流した。王妃の一族がいろいろな商売を独占してるのを妬《ねた》む連中は多いからな。『あの一族なら何をやってもいいのか』と、役所を取り囲んだり、怒鳴りこむ人々も出てきて、形だけでも取り調べるということになったんだ」

「だが、なぜ釈放にならず裁きまで？　あの男なら、いくらでも金や力を使えるのに」

刺青の男が一晩も経たずに釈放されたことを思うと、あのヘスがおとなしく捕らえられ、裁きの場に出てくるということが、クワンには不思議でしたが、セオは笑って答えました。

「こんなに巧くいったのは、実は王妃のおかげなんだ」

「王妃の？」

意外な事実に、クワンは耳を疑いました。「おまえ、あの女に頼んだのか？」

「そんなわけないだろう。俺が小耳に挟んだところでは、王妃は自分の側近がそんな疑いをかけられたことに腹を立て、『身の潔白を証明してこい』『そうでなければ私に仕えることは許さん』というようなことを言ったらしいんだ。まあ、王妃に『そうさせるべきだ』と進言した者がいたんだろう。自分がヘスの後釜になろうという連中が」

クワンはようやく納得できました。〈海竜商会〉もですが、大勢の人間が集まれば、全員が同じ意見で、いつも助け合うとは限りません。特に莫大な財と力を持つ一族ともなれば、その中での足の引っ張り合いや利権争いも激しいのでしょう。

「ヘスはキノ一族の本流じゃない。地方の分家から王立学院に入って、ハヌル王子の家庭教師になり、王妃に気に入られて出世したんだ。それを妬む者もいるんだろうよ」

「あいかわらず、よく調べたな。じゃあ、ヘスはおまえの先輩ってわけだ」

「王宮には王立出身者が多いから、そこらじゅう先輩だらけだよ。テジク大臣もそうだ」

「あの人が？　めっぽう剣が強かったが頭もいいんだな。政務をこなしながら、農園をいくつも経営したり、絵や詩もたしなむと聞いたが……」

「ああ、多才な人だ」

セオは密かに、ああいった人物が王宮でのクワンの後ろ盾になってくれればと願い、テジク大臣のことを調べたこともありました。しかし大臣はキノ一族にも〈海竜商会〉にも一線を引く潔癖な――ある意味では融通のきかない人物だと知って諦めたのです。

「ところで、ケセ村のほうはどうだった？」

クワンは逃げるように出てきた村の、最初に見た光景を思い出しました。

「とにかく、ひどかったよ。でも、この一ヵ月で、なんとか立ち直るめどはつけてきた……」

と、その報告を忘れるところだった」

クワンは急いで立ち上がり、父王のもとへ向かいました。突然の息子の帰還に、まだ報酬を用意していなかった王は喜び、「明日までに用意しよう」と約束しました。

クワンは明日ヘスが裁かれるということが嬉しく、報酬が遅れても気になりませんでした。クワンは館に帰り、昼寝から目覚めたリアンといっしょに、久しぶりにゆったりと過ごしました。

次の日の朝、クワンが目覚めると、セオはすでに起きて一仕事終えていました。セオは裁きの行われる建物の周りを、軽く三百を超える人が取り囲んでいたと言いました。たぶんその多くは貧しく、むしろの上や地べたにそのまま座りこんでいました。

「酒をあおりながら、『死刑にしろ』『死刑だ』と騒いでいる者もいたよ」

「ざまあみろ！」

クワンはそれを聞いて大笑いしました。

「自業自得だ。天罰だな」

クワンは浮かない顔をするセオに、「どうした？」と尋ねました。

「最初はこっちが仕掛けて、奴を快く思わない者が動いてくれて、思った以上に追い風が吹いた。これが吉と出るか、凶と出るか……」

「凶？　こんなに盛り上がってるのが、悪いほうにいくはずはないだろう？」

「そうだといいが……」

セオは、その盛り上がる民の声が不安でした。〈商会〉の人海戦術を使い、都中に張り紙を張ったとき、セオは人々が湾の悲劇に目を向けてくれるものと思っていました。しかし〈商会〉の張り紙をまねて増えてゆく紙の中にそんな視点はなく、ヘスの王妃からの寵愛や高い給金や強引な仕事のやり方、豪華な家や妻子のことを面白おかしく暴きたてるものばかりだったのです。それらはやりすぎだというだけでなく、かえって関心が逸らされる危険がありました。

その朝、王宮の裏口からは、朝日をあびながら、一人乗りの小さな馬車が出発しました。朝もやの中を走る馬車の中に、御者は声をかけました。

「ご気分はいかがですか？　酔ってらっしゃいませんか？」

「大丈夫よ」馬車の中から王女は答えました。

「言われた通り、ちゃんと朝食を食べたわ」

「それはよかった。満腹でも空腹すぎても酔いやすいですからね」

質素な御者のなりをしたテジク大臣は、巧みに馬車を操り、都を抜けて西に向かいました。

「まだ一時ほどかかります。朝早くて眠いでしょう。着いたら起こしますから、どう

まりました。

都の喧噪を離れ、一時ほど過ぎたでしょうか。風と波の音がする場所で、馬車は停

そう答えつつ、ウィー王女は興奮して眠ることなどできませんでした。

「ええ。本当に今日はありがとう」

ぞお休みになってください」

(ああ、潮の匂い……)

テジク大臣は、馬車の中に呼びかけました。

「ここまでです。その中から、ごらんになってください」

ウィー王女は馬車の窓から、そっと顔を出しました。しっとりと湿り気を帯びた風が、王女の長い髪をなでました。

眼下には、王女が何度も絵本や風景画で見た、海というものが広がっていましたが、現実のそれは描かれたものよりも何倍も美しく、荒々しくて静謐《せいひつ》なものでした。

「こんな美しいところに……人が住めないなんて」

「人が住めないわけではありません」

「え?」

「毒は一過性のもので、もう消えたといわれています。そもそも王宮の調査団は、

『湾の異変は毒によるものではない』と断定したのです。永久封鎖などする必要ははじめからなかった」

「ではなぜ？」

テジク大臣は、その問いには答えず、海を見つめました。

「再び調査すればはっきりするでしょう。ですが、もう王宮から調査が入ることはありませんし、民が調べようとすれば王宮から禁じられます」

「それでは、いつまでも本当のことがわからないわ」

「その通りです」

「どうして？」

「それはご自分でお考えください。この湾に対して私が意見を言うことはできないのです。ここは王が永久封鎖、すなわちどんな議論も可能性もないとお決めになった土地ですから」

「…………」

クワンとセオが、王宮からほど近い〈裁きの場〉に向かうと、その周りには早朝よりもさらに人が増えていました。

〈裁きの場〉には、一定の見物料を払えば誰でも入ることができるのですが、それを払えない人たちなのでしょう。その人々の多くは粗末な身なりで、建物の中を少しでも覗こうと押し寄せるのを、兵士たちが止めていました。クワンが現れると、わっと歓声があがり、人々がその名を呼びましたが、クワンは笑顔を抑え、いつものように手を振ることもしませんでした。

「笑うのは勝ってから。本当に、奴の罪が決まってからだ」

と、思っていたからです。

クワンは二階の席の一番後ろに立ち、建物の中を見下ろしました。

百人ほどが座れる一階の階段状の席は、ほぼ埋まっています。座っている人々の身なりはよく、外にいる人々と対照的でした。彼ら彼女らはみな湾のことに関心があるというより、この王宮を舞台にした醜聞を見物するつもりのようで、お喋りし、笑いながら、幕が上がるのを待っていました。

「今日の裁きの司は五人か。妥当だな」

クワンは五人の司たちが重々しく席に着いたのを見て満足しました。

江南《カンナム》の裁きは、軽い罪なら一人、やや重い罪なら三人、世間を揺るがす大罪ならば五人の裁きの司たちが論議するのです。クワンは、黙って窓の外を見ているセオに声をかけました。

「おい、誰か知り合いでもいたか？」

セオは窓の外を指さしました。建物の一番近くに詰め寄っている、猫背で白髪頭の老女に、クワンは見覚えがありました。

「ああ、揚げ物屋の婆さんだ。たくさん買うと、ずいぶんおまけしてくれたっけな」

「朝から来ていた。今もこの近くの市場で働いてるらしい」

「なんだ。知ってたら行ったのに。店はどこだ？」

セオは首を振りました。

「自分の店じゃない。湾の騒ぎに巻きこまれて、働き手だった息子が死んで、最近は孫娘の縁談も、湾の出だってことでうまくいかなかったってさ」

「…………」

「来たぞ。始まる」

クワンとセオは、裁きの声がよく聞こえるよう、窓を閉めました。他の窓も閉められ、むっとする熱気の中で、ヘスの裁きが始まりました。

まず、今回ヘスが捕らえられる根拠になった罪人の証言が読み上げられました。次に、裁きの司に証言を許されたヘスが、凛《りん》とした声でこう宣言しました。

「天と王に誓って、私は無実です。あの湾に毒を流せだなどと、命じたことはありません」

ヘスの反論は予想通りでしたが、その様子はクワンやセオの想像とは少し違っていました。ヘスは自分が「根も葉もない噂」を流され張り紙をされたことで、屋敷に石が投げられ、子どもたちが外に出られず、老いた母親が病に倒れたと、切々と語り出したのです。

「情に訴えてきたな」

セオの言葉に、クワンもうなずきました。「ああ。あいつ、意外と役者だ」

クワンは胸がむかつきましたが、取り囲む人々からは、すすり泣きが漏れていました。

(なんで、こんなわざとらしい演技に?)

普段のヘスの顔を知るクワンにとっては、胸がむかつく姿でしたが、父親を早くに亡くし、母親が苦労して自分を育ててくれたと語るヘスの言葉と涙は人々の、特に女性や年配者の心を打ったのです。

そして場の空気をつかんだヘスは本題に入りました。

「そもそも、なぜ私がこんな席に立たなければならないのでしょうか？　みなさん、あの湾のことは不幸な事故ですが、事件ではありません。ましてや誰かの陰謀などではない。天災です。それがなぜ、何年も経って蒸し返されるのでしょうか。私には理解できません」

嘆くように首を振るヘスに、クワンは殺意を覚え、思わず手すりをつかみました。

「何年もだと？　まだたったの二年だ。だが、もう忘れられようとしている。まだまだたくさんの人間が苦しんでいるのに、うやむやにされてたまるか！」

「クワン、落ち着け。つまみ出されるぞ」

セオが小声で言いました。するとまるで二人のやりとりが聞こえたかのように、ヘスはちらりと二階の席のほうを見て、こう続けたのです。

「わからないと言いましたが――想像がつく部分もあります。あの湾を封鎖したことは、民のことを思う王の英断でした。その指示に素直に従っていれば、なんの問題も起こらなかったでしょう。人に害のある病ではなく、怪我人や死人が出ることなどなかったのですから。だが、ある人物が災害を大きくしたのです」

ヘスは人々を見渡し、声を大きく張り上げました。

「あの湾で傷ついたり命を落としたりする者が出たのは、王命に逆らい、居残り続けた者や兵士に逆らった者たちがいたためです。王の命に従って人々をまとめるどころか、その正反対のことをした愚かな指導者のためなのです」

クワンとセオは、はっとして顔を見合わせました。

「死者に鞭打つことはしたくないので、あえて名を出すのはやめましょう。しかし、その人物が〈海竜商会〉の創立者の一人だったということだけは、述べておかねばなりません」

人々がざわつきました。それは「ああ、やはり」「そういうことか」といった納得の声でした。

「もし、あの湾にいた指導者が、そういった組織と関わりを持たない賢明な者であったなら、避難はすみやかに行われ、混乱が起こることもなかったでしょう。もしかしたら、貝の病によって湾全体が封鎖される必要もなかったかもしれません。あの病はもっと早く見つかっていたものが、故意に見過ごされていたという情報もあります。それは真珠の養殖にも関わっていた指導者が、自分の利益を守るために隠したかったからです。だから、取り返しのつかないほど、被害が広がったのです」

「嘘だ！」

クワンは我慢できず、大声で叫びました。

「伯父貴がどれだけ、湾の人々のために働いていたと思う。貝の病を隠した？　そんなことはない。海は一晩で変わったんだ！　おまえの言ってることは全部でたらめだ！」

「そうだ。サヴァンさまを侮辱するな！　何も知らないくせに！」

セオもまた我を忘れて叫び、クワンは驚いてセオを見ました。そんな二人を二階に上がってきた兵士が、取り囲みました。

「クワンさま。申し訳ありませんが、これ以上裁きの邪魔になりますと、退出していただかねばなりません」

「何だと？」

階下では、さらにセオが調べた証言が読み上げられていましたが、もはやそれを聞く者はありませんでした。

この裁きの場は、ヘスの独壇場でした。わかりやすく面白い舞台のような見世物を求めてきた人々にとって、「王に逆らう悪役がいる。悪の組織がある」というヘスの主張は、この上もなく魅力的だったのです。最後にヘスはこう演説しました。

「今日は、わざわざこの場にいらしてくださったみなさんに感謝いたします。これは、私一人にかけられた冤罪の問題ではありません。王に逆らう勢力が、この国を蝕んでいます。その勢力が、みなさんの築き上げた生活を脅かす恐れがある――そのことについて、今日から考えていただきたいと思います」

人々から大きな拍手が起きました。

「正気か？　いいのかおまえら、こんな嘘に騙されていいのか！」

怒鳴り続けたクワンは、とうとうセオとともに、兵士たちに外に追い出されてしまいました。するとクワンの姿を見て、外で結果を待ちわびていた人々が集まってきました。

「クワン王子、中はどうなっているのですか！」

「本当に毒が？　誰の仕業《しわざ》なんですか？」

人々はクワンを取り囲み、口々に尋ねました。無数の声に責めたてられたクワンは、思わず耳を塞ぎたくなりましたが、その声がぴたりと止みました。

ヘスが外に出てきたのです。

「やっと、私の無実が証明されましたよ。クワンさま」

「！」

ヘスの一言で、裁きの結果を知った人々から怒号があがりました。先ほどまで家族のことを涙ながらに訴えていたヘスは、いつもの口の端に笑みを浮かべた冷静な顔で、人々を見下ろし、クワンに深々と頭を下げました。

「今日は、私ごときのためにご足労いただきまして、ありがとうございます」

「…………」

「このお礼は王宮にて。いつか必ず――」

ヘスを乗せた馬車は、兵士たちが人々を押し分ける道をゆうゆうと進み、王宮へと帰ってゆきました。

「なんてこった」

「あ〜あ、もっと面白いものが見られると思ったのに」

「死刑じゃないのかよ、死刑じゃ」

期待外れの展開に、落胆した人々は口々に不満を呟きながら去ってゆきました。

後には食べ散らかされた果物の皮や、料理を包んでいた竹の皮やむしろが散乱していました。

「坊ちゃん、真珠屋敷の坊ちゃん」

建物の前に座りこんでいたクワンが顔を上げると、白髪頭の老婆の姿がありました。

（ああ、揚げ物屋の婆さんか……）

クワンは立ち上がり、老婆の手をとって頭を下げました。なぜか、そうせずにはいられなかったのです。

「お噂は聞いていますよ。ご立派になられて……。お母さまもサヴァンさまも、さぞお喜びでしょう」

「……ありがとう。婆さんも、まだ働いてるんだってな」

「ええ。でも、もう疲れましたよ」

老婆はそう言ってクワンの手を離し、ふらふらと歩き出しました。

「クワン、そろそろ帰ろう」

セオが言いました。「リアンさまが、待ってる」

「ああ、そうだな……」

建物の周りには、まだ数十人の人々が残っていました。その中を横切って馬に近づきかけたクワンの耳に、悲鳴のような声が聞こえました。振り返ると、あの老婆が何か水のようなものに濡れながら、火打ち石をかちかちと打っています。

クワンは一瞬、何が起こったのかわかりませんでしたが、かすかに漂ってくる油の臭いに気づきました。

「やめろ、婆さん！」

火打ち石を打つ老婆の手が止まり、振り返った顔に、かすかに穏やかな表情が戻りました。

「そんなことやめよう。な?」

「坊ちゃん。あなたは素晴らしい、強い方だ。でも、みなが強いわけじゃないんですよ……」

「俺だって強いわけじゃない! やめてくれ!」

「これからも、なおいっそうの、ご活躍を……」

老婆は天を仰ぐように石を高く掲げ、かちかち、と打ちつけました。

「婆さん!」

ウィー王女の頭の中には、美しすぎる海と白砂と松林が焼きつき、目を閉じると人影のない家々が浮かんできました。

「もうすぐ王宮です」

テジク大臣の言葉に、ウィー王女は、ほっとしました。目的地に着くまでは気分が高揚して疲れも何も感じませんでしたが、帰りは頭の中心がしびれたようにぼうっとし、揺れる背もたれや窓わくに寄りかかっていたのです。

（早く自分の部屋に帰りたい……）

馬車が急に停まりました。外の喧噪から、只事ではない騒ぎが起こっている様子が伝わってきます。

「どうしたの大臣？」

「窓を閉めてください。早く！」

テジク大臣の声もまた尋常ではありませんでした。ウィー王女は閉めかけた窓からそっと、外を覗きました。大きな建物の前に、なぜかたくさんの人が集まっています。

（何？　いったい何？）

テジク大臣はなんとか馬車の向きを変えようとしていましたが、人が次々と集まってくるのか、なかなか動きません。がたがたと揺れる馬車の中で、必死に座席につかまるウィー王女の耳に、外の声が聞こえました。

「油をかぶったんだってよ」

「あの湾のことを、王宮のせいだって言うんだ」

ウィー王女は、はっとして窓を大きく開けました。

「王女さま、いけません！」

王女の目に、人々の中心で揺らぐ炎が見えました。炎は人の形をしていました。

（誰か、誰か、助けて！）

そのとき、一人の青年が自分の衣を脱いで飛び出し、必死に炎を叩き消していました。

「早く水を！　医者を呼んでこい！」

そう叫ぶ声は、クワンのものでした。


ウィー王女はどうやって自分の部屋に帰り着いたのか、覚えていませんでした。おそらくテジク大臣がなんとか馬車を王宮に入れ、中で倒れこんだ自分を部屋まで運んでくれたのでしょう。

やがて夕餉の時間になりましたが、とても食欲はなく、「今日は、お昼を食べすぎてしまったから食事はいいわ」と告げました。テジク大臣の家に遊びにいっていたということにしてあるので、なんの疑いもなく侍女は膳を片づけようとしました。

「待って」

「はい、姫さま。なんでしょうか？」

「夕方、ずいぶん外の声が騒がしかったけど、何かあったの？」

侍女はにっこり笑って答えました。

「いいえ何も。王女さまのお耳をわずらわせることはございません」

そのとき、ウィー王女は悟りました。

（ああ、きっとこういうことは今まで幾度となくあったのだわ……。でも私は、それが起きたことすら知らなかったのだわ）

ウィー王女が部屋で湖の石のように沈んでいたころ、王妃の前には戻ってきたヘスが、深々と頭を下げていました。

「このたびは私の不注意で、王妃さまにもご迷惑をおかけいたしました」

「もうよい。何やらクワンの側近の暴走だったと他の者に聞いた。それより、裁きが終わった後まで何やらもめごとがあったというが、いったい何だったのだ？」

「はい。その件も根は同じようなものですが……」

クワン王子が助けた老女が、手当てのかいもなく亡くなったと聞いた王妃は首を振り、呟きました。

「それは本当に気の毒に……。でも、自分から命を捨てるなど罰当たりなことを。親にもらった命は何よりも尊いものなのに、それを粗末にする者の気持ちが私にはわからないわ」

ヘスは深くうなずき、王妃は満足げに白い孔雀の羽根をぱたぱたと振りました。

十三　約束

夕闇に包まれた〈竹の館〉では、床に寝転がったリアンがおはじきを並べていました。

その左右に、クワンとセオはそれぞれ座りこんでいました。火傷《やけど》を負ったクワンの手には包帯が巻かれ、傍には金貨の詰まった革袋が転がっていました。その中にはいつもの仕事の報酬の何倍もの金貨が詰まっていましたが、クワンの心は徒労感と脱力感でいっぱいでした。

「痛むか？」

セオの問いに、クワンは首を振りました。火に触れた掌の皮は剝け、染みるような痛みがあるはずなのに、心が疲れすぎていて感じないのでした。クワンは卓の上にある白磁の壺から、何杯目かの酒を注ぎました。乳母にもセオにも止められましたが、とても飲まなければいられませんでした。

「クワン」

膝を抱えたセオは、じっと床を見つめて言いました。

「これからしばらく、湾のことは忘れよう」

クワンは杯《さかずき》を持つ手を止め、セオの顔を見ました。

「裁きの前から考えていた。今の俺たちの力では戦えない。相手が大きすぎる。……下手をすれば、せっかくのサヴァンさまの想いが無駄になる」

「どういう意味だ？」

顔を上げたセオは、遊ぶリアンの頭越しにクワンを見ました。

「クワン、なぜサヴァンさまが、おまえの存在をずっと隠していたんだと思う？」

「ふん。親父が気弱だからだろ。王妃に、若い娘との浮気がばれるのが怖かったんだ」

クワンは言い捨て、一気に酒をあおりました。

「だが王には側室が二人もいる。一人だけ隠すのはおかしくないか？」

「〈海竜商会〉の娘だ。王妃だけでなく、王族みんなが反対するさ」

「それはあるな。しかし、よく考えるとサヴァンさまは妹が王の子を産んだ。自分も王と血縁になれる。『この子を王子と認めてください』と王宮に押しかけてもおかしくないんだ」

「あの伯父貴がそんなことするわけないだろ」

その様子を想像してクワンは失笑しました。

「そうだ。そんなことをしたら赤ん坊の、おまえの命はなかったかもしれないしな」

「え？」

「クワン。なぜ、この王宮にはハヌル王子以外の男子がいないのだと思う？」

何を今さら、とクワンは思いました。

「なぜって……確か第二王妃の息子は、幼くして病《やまい》で死んだんだろ。かわいそうにな」

「そうだ。第二王妃には三人、第三王妃には二人の王子が生まれたが、五人とも早世した」

「五人だと？」

クワンは驚きました。第二王妃の王子のことは小耳に挟んだことがありましたが、他に四人も王子がいたことは、まったく聞いたことがなかったのです。

「それは本当なのか？」

「ああ、それぞれの王妃を調べた。実家の墓地には各王子の墓がある。だが、王宮でそのことを話すのは禁忌《きんき》になっている」

「……ミナ王妃のせいか」

「そうだろうな。そして五人の王子たちはみな流行病《はやりやまい》や事故で亡くなったが、不自然な点が多々あるんだ。家族と同じものを食べて一人だけ食あたりになったり、新しい丈夫な遊具が突然壊れたり、高熱を出した夜に限って医師が全員外出中だったり……」

急に酒の味がしなくなり、クワンは杯を持った手をおろしました。

「それじゃ、伯父貴は？」

「そうだ。可愛い甥っ子が、王宮で死ぬことを恐れたんだ」

「なんてこった……」

クワンは、サヴァンが生前あれほどかたくなに、自分を湾から出さなかった理由がやっとわかりました。

「俺が、第二王妃や第三王妃のことを調べたのは、もしかしてその二人が湾のことに関わっているのではないかと疑ったからだ。どちらも大商人の娘だしな。だがその実家で扱っているものは、遠洋で獲れるフカヒレや巨山《コザン》との貿易品。湾のものとは競合しない」

「じゃあ、やっぱり最初に思った通りじゃないか。あの湾の真珠が採れなくなって、一番喜ぶ者、そして俺の存在を煙たがる人物は……」

クワンの脳裏に、王妃の自信に満ちた肉の厚い顔が思い浮かびました。

「そうだ。だが、王妃はおそらく命令していない。今回、自らヘスを裁きの場に立たせたことでわかった。あの女はまったく関わっていないんだ、計画にも実行にも」

「じゃあ、やっぱりヘスか？」

「いや、ヘスも明確に命令していた証拠はない。その他の証拠も、出てこなかったのは消されたのではなく、本当になかったのかもしれない」

「命令した者もなく、毒が流されるのか？　千人以上もの人間が故郷を追われ、路頭に迷うのか？　そんなはずないだろう！」

「いいや。誰も命じた者はいない。黒幕はいない。責任を負うべき者はいない――それが、きっと真相なんだ」

「…………」

「この国では、そういうふうに人が動く。ある利益を得るために画策する者がいて、条件を揃え、貧しい者の前に示される。『どうする？』『選ぶのはおまえだ』『いい報酬を払おう。おまえがやらなければ他の者に、この儲け話は回すぞ』と。そして手を汚すのはいつも貧しい者だ。危ない仕事や汚れ仕事をやらなければ、這い上がれないような」

クワンは杯を床に叩きつけ、白い磁器の破片が飛び散りました。

「だから何だ？」

リアンがびくりと体を震わせましたが、クワンはかまわず続けました。

「だから誰も悪くないって？　それが頭のいいおまえの結論か。そういうことなのか！」

「そんなことを言ってるわけじゃない。ただ、そういうふうに動いていると言っただけだ。ちゃんと人の話を聞けよ！」

二人の言い争いに、ついにリアンが泣き出し、クワンはその体を抱き寄せ言いました。

「十五のとき、何もかも失ってここへ来た。死んだような毎日だった。だがあの日、おまえとシアを見つけた。俺は希望を見つけたんだ。リアンには見いだせなかった希望だ。妹は可愛い。ずっと守っていく。でも、俺はいっしょに戦ってくれる人間が欲しかったんだ！」

セオは黙ってリアンを抱くクワンを見ていましたが、やがてぽつりと呟きました。

「俺は、おまえとは違う。俺は、あの湾に戻りたいとは思わない」

クワンは驚いて聞き返しました。

「どうしてだ？」

「どうして？　自分がそこで幸福だったら、周りの人間もみな幸福だと思うのか？　相変わらず、恵まれた奴は鈍感だな」

セオの冷たい表情に、クワンは言葉を失いました。

「おまえの中身は今も、まるでガキ大将だ。自分が得意な遊びは、みんなも好きだと思っている。本当は好きじゃなくても、逆らうのが怖くて言えないだけなのに」

「……なんの話だ。いったい何が言いたい？」

「俺はずっと、あの場所が嫌いだった。いつも辛くて逃げ出したかった。懐かしいなんて、一度も思ったことはない」

クワンは茫然としました。湾の者で、ましてずっと自分のために働いてくれていたセオが、そんなことを考えていたとは思いもしなかったのです。クワンはただ、こう聞くのが精いっぱいでした。

「伯父貴のこともか？」

「……サヴァンさまのことは別だ。あの人は別格だ」

クワンにはわかりませんでした。クワンにとってサヴァンこそが湾そのものであり、切り離して考えることなどなかったのです。

「おまえは、俺と同じ気持ちだと思ってた。ずっといっしょに、あの湾を取り戻したいんだと……でも違ったんだな。そう思ってたのは俺だけだったんだな」

うなずくセオに、クワンはさらに聞きました。

「じゃあ、なぜここにいる？」

「恩がある。それにサヴァンさまが言った。『いつかクワンのために働いてくれ』と。俺は、約束した」

「そうか。そうだったのか……」

クワンは床に転がる金貨の革袋を拾い上げ、セオに思いきり投げつけました。

「そんな約束、死んだら無効だ。それを持って、さっさと出ていけ！」

セオは袋を手にすると、「仰せの通りに」と頭を下げ、館を出ました。

暮れかけた竹の林の中を、家一軒買えそうな金貨が入った袋を手にしながら、セオは歩いていました。

（もういい。もう、これでいいんだ）

うつむいて歩いていたセオは、前から来る人の気配に顔を上げ、足を止めました。

（馬車？）

なぜ、こんな細い道を、と思うまもなく、セオの目の前で停まった馬車の中から、こんな声が聞こえました。

「言っただろう。クワン王子についていても未来はないと。私は何人も見てきた。理想に燃える者たちを。王や富める者は悪で、貧しき者のみが善だと唱える。だが、そんな単純なものだったかな？」

「………………」

「おまえが主と決めた者は、確かに美しい夢を見ていたよ。だが、それでおまえは救われたか？　夢を押しつけられただけではなかったかね？　あの勝手な厄介者といっしょに」

「セオ！」

「姉さん？」

シアは竹林の向こうから弟に駆け寄りました。

「クワンの話聞いたわ。大丈夫なの？」

「ああ……。掌に、軽い火傷はしたけどね。それで見舞いに？」

「そうよ。それにちょっと報告もね」

「そうか。ところで姉さん、今ここに誰かいなかった？」

あたりを見回すセオに、「何言ってるの？」とシアは怪訝な顔をしました。

「あんたずっと一人で何かブツブツ言ってたわよ。変な子ね」

「……………」

「それより、その袋、何？」

ちょうどいい、とセオは手にしていた革袋をシアに差し出しました。

「クビになったんだ。これはクワンからもらった退職金だ。姉さんに全部あげるよ」

「えっ？　どういうことなの？」

驚くシアに、セオは事の顛末を全て話して聞かせました。

「そうだったの……。そんな話、クワンが受け入れるはずないわね」

降りつもった竹の葉の上に座る二人の目に、遠く夕闇に光る館の窓が、影絵のように見えました。

「でも、俺の言ってることは事実だ。毒を流した者を捕まえて、その命令を下した者を裁きにかけるなんて、この国では永久にできないよ。おそらくね」

「できるとすれば、王だけね。あの湾も王命によって封鎖されたんだもの。王命を解けるのは王だけだわ」

「王はやらないよ。王妃の一族ともめたくないからな」

「その王じゃないわ」

シアはセオの顔を見ました。「次の王よ」

「……姉さんは、本当にクワンが王になれると思うかい？」

「おまえはどうなの？」

セオは大きく息をつきました。

「身びいきでなく、ハヌル王子よりはよっぽど王の器だと思うよ。だけどクワンはそれを望んでない。本人が望んでいないものに、いくら周りが言ったってなれるはずはないさ」

「そうね。あの人、欲がないものね」

それは少し違うだろう、とセオは笑いました。昔から喧嘩やら競争やら、あれだけ勝ち負けに強くこだわる人間は見たことがありません。しかしシアは首を振りました。

「あの人がそれで得るものにこだわった？　物やお金や縄張りを取ったことがあった？」

確かに、とセオは納得しました。クワンが喧嘩して誰かのものを取るときは、それがすでに誰かから取り上げられたものだったときだけでした。何かを賭けた勝負事でも、手に入ればすぐに仲間にやってしまうか山分けにするかしていました。

（そうか。あれはあれで無欲なのか）

セオは改めて、投げつけられた金貨の袋を手に取りました。なりゆきでもらってきましたが、一ヵ月分の命がけの働きの対価をポンと人にくれるなんて、確かに強欲な人間にはできないことです。

それはクワンが何でも持っている恵まれた場所にいた、ということもありましたが、恵まれた人間が誰でも無欲なわけではありません。持つ者が手放さないどころか、もっともっと強欲になってゆくからこそ、貧富の差は開いてゆくのです。

「姉さんのほうが俺よりよくわかってる。姉さんがクワンの傍にいればよかったのに」

「私より、おまえがいいのよ。クワンは」

「いや、姉さんだよ」

「いいえ。おまえよ」

シアはきっぱりと強い声で言うと、弟の手を取りました。

「行きましょう。あたしがいっしょに謝るわ。あの本のときみたいに」

しかしセオは姉の手を離し、「もう終わりだよ姉さん」と、首を振りました。

「クワンが嫌いなの？　もうクワンのために働きたくないの？」

「二回も助けられたんだ。恩は感じてるさ。でも……」

セオの脳裏に、懐かしい真珠屋敷での日々が浮かびました。

サヴァンの書斎には、巨山から取り寄せた堅い木で作った本棚がありました。柔らかい江南《カンナム》の木では支えきれない知識の詰まった、あの居心地のいい部屋で、サヴァンが紙の上に筆を走らせる音を聞き、上品な香の匂いに包まれ、時々顔を上げて微笑む優しいまなざしと低い声と過ごす時間——それはセオにとって至福の時でした。

けれど、その静かで幸福な時間は、必ず乱暴に扉を開ける音で破られるのでした。

「セオ！　ここにいたのか。ちょっと来いよ！」

クワンは三日に一度は一対一の、あるいは集団での喧嘩を起こしていました。普段は戦力として登録されていないセオも、総力戦になると、

「本ばっかり読んでないで、おまえもたまには手伝え！」

と駆り出され、喧嘩相手の船にぶちまけるフナムシを集めさせられたりするのです。そのたびにセオは、クワンさえいなければと思いました。

「クワンがいなければ、サヴァンさまには会えなかった。今の自分はなかった。それはわかってる……。でも疲れるんだ。消えることなく燃え続ける火みたいに、クワンの怒りは熱すぎる。俺はそこまで、故郷のことを愛せない。サヴァンさまのこと以外はね」

セオはクワンの真っ赤に火ぶくれした掌を思い出しました。炎に足がすくんで老婆に近づけなかった自分と違って、クワンはなんの迷いもなく飛び出していきました。

(火は火を熱いとは思わない。迷いなんかあるはずないさ)

シアは自分よりずっと背が高くなった弟を抱きしめました。

「そうよ。あの人はおまえとは違うわ。誰とも違うのよ。誰がいっしょにいたって疲れるし、ついていくのは大変よ。おまえはよくやってるわ」

「でも、みんなクワンを好きだった。大好きだった。俺だけが好きじゃなかったのに、どうして今は一番近くにいるんだろう?」

「クワンがおまえを選んだからよ」

シアは弟の目に浮かぶ涙を指でぬぐい、竹林の向こうから歩いてくる人影を指さしました。

「ほらね」

セオが顔を上げると、そこにはクワンが立っていました。じっと姉弟を見つめていたクワンは、きまり悪そうに、セオに向かって手を差し出しました。

「やっぱり、その金返してくれ」

「えっ？」

「村の人に約束したんだ。都に帰ってから、いろいろ買って送るって。忘れてた」

シアはセオの顔を見ました。「どうする？」

セオは黙って立ち上がり、ずっしりと重い金貨の袋をクワンに両手で渡しました。

「セオ……」

クワンはふいにセオを抱きしめ、金貨の袋が積もった竹の葉の上に落ちました。

「悪かった……俺が悪かった！」

セオは戸惑いつつ、仕方ないな、と思いました。

(約束だからな)

と。

〈竹の館〉に戻ってきたクワンとセオと、そして久しぶりに顔を見せたシアの土産話に、乳母は大喜びでした。

「まあ、新年の宴《うたげ》の舞姫に選ばれたなんて、すごいじゃないですか！」

「ただの幸運です。去年の舞姫をやった一番上手な方が、今年結婚して辞めたんですもの」

「それにしたって、百人余りの中から選ばれたのですもの。やっぱりすごいですよ。ねえ？」

クワンは乳母にうなずきました。「ああ、とにかくシアの踊りは江南一だよ。昔からな」

「ありがとう。クワン王子」

「王子はよせよ」

「相変わらずね」

と言いながら、シアはセオの顔を見ました。セオは、

「そうだ。おまえは王子だ」

と、クワンに言いました。

「なりたくてなったわけじゃない」

「そうだな。だが、もう逃げられない。逃げるなクワン」

乳母とシアは、いつもと違うセオの口調に驚き、その顔を見ました。セオはなぜか厳しい目でクワンをじっと見つめていたかと思うと、ふいに片膝をつき深々と頭を下げました。

「おい……何やってんだ？　セオ、ふざけてないで立てよ」

クワンはセオの肩に手をかけましたが、セオはその手を払いのけました。

「おまえは王子だ。渾名でも遊びでもない。身分と責任ある身だ。そしていずれ王になる」

「ならないって言ってるだろ。なるのはハヌルだ。俺は王位なんていらない」

「嫌だ。姉さん、これだけは言わせてもらう。言わなきゃならないんだ」

シアも「やめなさいよセオ」と止めましたが、
と答えたセオは、クワンに向き直りました。

「おまえは地位や治世に興味がない。今の活躍は、生活の糧を得るためだし、名声も偶然だ。だが、奴らはそんなことには納得しない。そして奴らがおまえより大きな力を持っている限り、おまえは逃げられないんだ」

「ふん。逃げてみせるさ」

「無理だ」

「無理じゃない！」

やっと和解したかと思うと言い争いを始める二人を、シアと乳母は、はらはらして見守りました。

「逃げられなかった。おまえもサヴァンさまも、リアンさまも。そして、このままでは、おまえの妻や子どももだ」

「妻や子？　そんなものいらん。つくる気もない」

「正式な妻ではなくとも危険は免れないぞ」

クワンは母親のことを思い出し、はっとしました。

「自分や周りの人間の命を脅かされたくなかったら、おまえは王になるしかないんだ。クワン」

セオがクワンを呼び捨てにしたのは、その日が最後でした。

十四　海竜の子

まもなく二十歳になろうとするウィー王女の前には、三人の男の人が座っていました。しかし三人ともウィー王女の顔を見て、唖然としたり、顔をしかめたり、あるいはその困惑を必死に隠そうとしています。

（ああ、あいかわらず時間の無駄だわ。いつになったらお母さまは諦めてくれるのかしら）

ウィー王女が心の中でため息をついたとき、末席に座っていた青年が尋ねました。

「その顔につけていらっしゃるものは、何ですか？」

「眼鏡です」

王女は答えました。

「めがね？」

「巨山《コザン》で開発されたものです。私は目が悪いので、こういったものがないと物がよく見えないのです」

「はあ……」

その様子から見て、ウィー王女は、この縁談もいつものように終わったと思いました。数日後、王妃に呼び出されたときも、こっぴどく叱責されるだろうと王女は思っていました。ところが、今回は少し様子が違いました。

「あのうちの一人が、あなたのことを気に入ったというのよ。『あの席では、初めて目にするものに驚いて失礼な態度をとってしまった』と、詫びの手紙も届いているわ」

ウィー王女はその手紙を読みました。そこには丁寧なお詫びの言葉と、初めて見た「眼鏡」というものに興味を持って、いろいろ調べてみたというようなことが書いてありました。幾人もの職人や、巨山を行き来する商人にまで会って話を聞いたとあり、

（この人は私に興味を持ったのかしら、それとも「眼鏡」に興味を持ったのかしら？）

と若干思いましたが、自分が「なんだろう？」と感じた疑問をそのままにせず、調

べていることには好感を持ちました。また、「目の悪い人はこんなに不便なのかと初めて知った」といった感想にも、正直さと優しさを感じました。ウィー王女は、「あなたがお話を聞きにいった職人のうちの一人は、私が眼鏡を作ってもらった方です」と、返事を書きました。そして、その手紙の返事にまた返事を書いているうちに、

（もう一度、手紙ではなく、この人と会って話してみたいわ）

と、思うようになりました。

「ウィー王女が婚約なさったそうですよ」

厨房から戻ってきた乳母がクワンに言いました。

「誰だ、それ？」

「ほら、『眼鏡の姫』と呼ばれている方ですよ。二十歳前にやっと決まった縁談に、王さまも王妃さまも安堵しているそうです」

クワンはぼんやりと思い出しました。確かセオに眼鏡を作ってやったころ、偶然上客を紹介する形になった職人から感謝されたことがありました。しかしセオの目が治ると職人とも疎遠になり、すっかり忘れていたのです。

「ふん。贅沢三昧に育った姫が、またたんまり税を使って豪勢な婚礼をやるんだろう

な」

「それが、しないそうなんです。王女さまの意向で、王族を大勢呼ぶ宴も行列も花火もなしで、新しい衣装を新調するつもりだった王妃さまはかなりご立腹されたそうですが、頑として聞き入れなかったそうです」

「へえ、頑固な姫君だ。あの王妃にそんな娘がいるとはな──」

クワンは少し感心しましたが、あっというまにそんなことは忘れてしまいました。

江南《カンナム》にも短い冬が訪れようとしていました。冬といっても、沙維《サイ》や巨山のように雪が降るわけではなく、強い日差しがやわらぎ、涼しく心地よい風が吹く落ち着いた季節でした。

王宮では新しい生活を始めるウィー王女のための準備が進められていました。王族の婚礼ともなれば盛大な祝い事になるのが普通ですが、今回は相手が平民であり、王女の意向もあって華美には行われず、侍女たちは楽な準備に喜んでいました。

嫁ぐウィー王女本人もまた、二十年近くを過ごした〈楽園〉での最後の散歩をゆったりと楽しんでいました。

「王女さま。このたびは、おめでとうございます」

「あら、大臣、ありがとう」

ウィー王女は、テジク大臣とその息子に言いました。

「そちらは、ご長男?」

「はい。先日、十歳になりましたので、そろそろ王宮の中を見せてやろうと思いまして」

父に促された少年は、「王女さまにお会いできて光栄です」と、膝をつきました。

「この子はクワン王子が大好きなんですよ。さっき偶然遠くから姿をお見かけしただけで、それはもう大喜びでした」

「クワン王子がお好き?」

王女が優しく話しかけると、少年は目を輝かせました。

「もちろん! だって、時の人じゃないですか」

声をはずませる息子に、「これ、王女さまに何て口のきき方だ」と大臣はたしなめました。

「いいのよ。クワン王子は、侍女たちにもだけど、男の子にも人気があるのね」

「はい。役者のように姿絵が何枚も売られているし、人形劇や紙芝居まであるんですよ」

「まあ、それはすごい」と王女は笑い、大臣も驚きました。

「物語にまでなるなんて、まるで昔話の英雄だな」

「でしょう？」

なぜか誇らしげに息子は言い、遠い目をしてうっとりと語りました。「私もいつか、あんなふうに強くて勇ましくて格好よくて、困っている人を助けられる人になりたいです」

「そうかそうか」

素直な息子の語る夢に、大臣は嬉しそうにうなずきました。

「では、家に帰ったらさっそく剣の稽古だな」

「はい父上！」

「それでは王女さま。お幸せに――」

「ありがとう。大臣」

一人息子の肩を抱き、歩いてゆくテジク大臣を見送り、ウィー王女は〈竹の館〉に向かいました。

「クワンさま。ウィー王女さまがお見えです」

乳母の声に、リアンと遊んでいたクワンは庭に出ました。庭先には、眩しそうに夕日を遮る、眼鏡をかけた細面《ほそおもて》の姫君が立っていました。クワンは眼鏡の職人の話を思い出しましたが、王女がなんの用件で自分のところに来たのか、まったく予想がつきませんでした。

「何か御用ですか?」

「明日、私は婚家に発ちます。その前に一目お会いしたくて」

「それは、まことにおめでとうございます」

クワンはなんの感慨もなく頭を下げました。

そのそっけない態度に、王女はなぜか笑みがこぼれました。

(何なんだ? 用がないならさっさと行けよ)

手持ちぶさたに頭を下げるクワンに、王女は言いました。

「……私、あなたの生まれた湾に行ったことがあります」

クワンは驚いて顔を上げました。

「なぜ?」

「あなたのことが知りたかったから。どんなところで生まれて、どんなところで育って、ここに来たのか。私の目の前に……」

ウィー王女は、その小さな目で、じっとクワンの顔を見つめました。

「酔狂な」

「ええ。自分でもそう思います。でも、行ってよかった。あの日のことは忘れません」

ウィー王女はにっこりと微笑みました。そのときクワンは、さびしげだった王女の顔が、一瞬、大輪の白い花が明るく咲いたように見えました。

ウィー王女は初めて向き合った異母弟にゆっくりと会釈《えしゃく》し、生まれ育った後宮に永遠の別れを告げました。

こうしてクワンが王宮に来てから三度目の年も暮れ、江南は新しい年を迎えました。

夜明けとともに花火が上がり、王宮の正門は色とりどりの花や布で飾られ、その前の大通りは都に住む人々や、地方から集まった人でごった返していました。たくさんの屋台には瑞々しい果物が並び、でき立ての飴や焼き菓子や揚げ菓子の匂いが漂っていました。

王宮の中でもまた、新年の宴が華々しく行われていました。広間には着飾った王族と家臣たちが並び、膳には贅を尽くした料理が盛られていました。

広間の中央では、優雅な琴の音に合わせ、白い衣に身を包んだシアが天女《てんにょ》のように舞っています。王族の末席に座るクワンは、その静かで力強い動きに、あの朝の浜辺での祈るような舞を思い出しました。あのときは三人の誰もが、数年後に揃って王宮にいるなどとは思いもしませんでした。

(人が見たら、うらやむ場所にいるんだろうな。俺たちは)

クワンは自分の後ろに、影のように座っているセオに杯を回しましたが、セオは首を振りました。「酒は断っています」

「願でも掛けているのか?」

「そのようなものですね」

クワンはなんの願か、あえて尋ねませんでした。それは自分にとって不愉快な理由だとわかっていたからです。舞い終えたシアに、王族や家臣たちから大きな拍手が起きました。シアは深々とお辞儀し、退場しながらクワンに微笑みました。

クワンはシアに微笑み返すと、そっと席を立ち、そのまま退出しました。

「王子が中座してよろしいのですか?」

後ろを歩きながら聞くセオに、クワンは答えました。

「シアの踊りを見届けたら、もうあんなところにいる必要はない。館で飲み直す」

広間からは打楽器と鈴の軽快な音に合わせ、大勢の舞姫たちが踊る足音が聞こえました。

「俺があの場所で、何を考えていたと思う？」

「リアンさまのことでしょう？」

大きな宴の日は、歌舞の音が後宮にまで聞こえ、リアンが興奮するので世話が大変なのです。しかしクワンは乳母に代わってその相手をするつもりなのだとセオは思いました。

「巨山でも、沙維でもいい。この呆けた奴らに攻めこんでくればいいと思った。何なら戦でなくてもいい。狂った虎や獅子が乱入して、こいつら全部噛み殺せばいいとな」

「三国一の花美男」がそんな暗い幻想を抱いているとも知らず、すれ違った侍女は正装したクワンの姿にほおを赤らめて通り過ぎてゆきました。

「人の不幸も幸福も、願うのは自由ですからね。ただ……」

と言いかけたセオとクワンを、廊下を走ってきた兵士が呼び止めました。

「ああ、ちょうどよかった。クワンさま、正門のほうに来ていただけませんでしょうか？」

「正月早々なんだ？」

まさか門の前でまた、あの老婆のようなことが……とクワンは嫌な予感がしましたが、その理由は意外なものでした。


毎年、新年の王宮の門前には、人々が王にささげるたくさんの祝いの品や花々が並べられます。しかし今年は、そこから少し離れた一角に、小山のように物が積み上げられていました。それらは他の華やかで高価そうな祝いの品と違い、野菜やら果物やら乾物やらがあふれそうなほど詰まっている麻袋や籠や木箱でした。

「なんだ、これは？　厨房で宴の食材を注文しすぎたのか？」

クワンは、破れた麻袋からこぼれ落ちた長芋を拾い上げました。細長い芋はきれいに泥が落とされており、クワンはケセ村のことを思い出しました。

（これ、よく村で食ったな。土の中にあったから嵐でも無事だったんだ。でも折らずに掘るのが、あんなに大変だとは思わなかったなあ……）

皮に傷一つない芋は、都から遠い土地で、見たこともない王に献上するために、人々が細心の注意を払って掘り出したことが想像できました。その長芋を丁寧に麻袋の中に戻すクワンに、兵士は言いました。

「クワンさま。これは全てクワンさまへの贈り物です」

「俺に？」

クワンは耳を疑いました。「嘘だろ。尋常な量じゃないぞ、これは」

「本当ですよ。みな、夜明けから訪れた人々が、『クワン王子さまへの新年のお祝いと成人のお祝いに』と置いていったのです」

あ、とクワンは思い出しました。すっかり忘れていましたが、年が明けて十八歳になっていたのです。

（こんなところに、もう二年以上もいるのか）

うんざりした気持ちになったクワンの耳元に、門番はさらに小声で告げました。

「実はこの他にも、高価な食材や絹や宝石が運ばれているのですが、王妃さまの目につくと……その、いろいろと大変なので、別な場所に隠してあります」

「まだあるのか？」

「まだ増えますよ」

クワンは嬉しいというより茫然としました。「セオ、どうする？」

そう聞かれるのをとうに予想していたセオは、持参した紙と筆で、すでに何やら書きつけていました。

「今どこから何が来たのか記録を取っています。まず食品とそれ以外に分け、さらに食品は傷みやすいものと日持ちするものに分けましょう。全ての一番いいものは王さまに献上し、果物など数が多く腐りやすいものは人々に配りましょう。王妃さまの目もありますし、人が殺到しないよう王宮から離れた複数の場所で。そのために人を雇います。いいですか、王子？」

「……ああ。任せる」

「では早速——」

と紙を丸めて歩き出したセオに、クワンはしみじみ言いました。

「おまえ、慣れてきたなあ」

セオは立ち止まり、「当たり前です。なんのために私がいるのです？」と答えました。

「いや、その喋り方さ」クワンは呟きました。

「もう前のように、俺と話す気はないんだな」

「はい、王子」

大きく答えたセオの声に、門の近くを歩いていた人々が振り返りました。

「クワン王子?」

「あ、クワン王子だ!」

クワンはどきりとしました。おそらく地方から来た家族なのでしょう。見慣れぬ装束に、大きな荷物を抱えた十人近い大家族が、どっとクワンに向かって走ってきます。

「新年おめでとうございます。クワン王子さま!」

「ああ、嬉しい。一番会いたかった人に会えるなんて」

「山を越えて来たかいがあったぞ」

大人たちはそう言ってクワンに手を合わせ、小さな女の子が「クワンさま。いつかあたしたちの村にも来てくださいね」と言うと、上の子たちが「馬鹿だなあ。クワンさまは誰より忙しいんだよ」「いつでも困ってる人のために働いてる方なんだ」「無理言うなよ」と、たしなめました。そんな家族の姿に、道行く他の人々も気づいて集まり出しました。

「クワンさまだ!」

「二番目の王子さまだ」

兵士が「中にお入りください。このままでは混乱が」と耳打ちし、クワンは押し寄せる人々に手を振って王宮の中に戻りました。

「あいつ……わざとだな」

クワンは苦々しく呟きました。あの日以来、セオは「王子としての自覚を持ってください」「人の上に立つ方は、この本を読んでください」とうるさくて敵いませんでした。「上目遣いで人を睨まないように」「下品な食べ方をしないように」と、帝王学から箸の上げ下ろしまで口うるさく、敬語を使ってはいるものの、

(これじゃ、まるで伯父貴じゃないかよ)

と、クワンはうんざりしました。親友の変わりように戸惑う自分を置いて、セオ自身は言葉遣いから物腰から、まるで生まれながらの従者のように自分を作り変えてゆきます。

「セオさんが、クワンさまと対等に口をきいていたなんて、もう思い出せませんね。最初から仕えていらした方のようですよ」

そう乳母が言うくらい、セオの変容は見事でした。

(まったく、伯父貴もロクでもないことをしてくれたもんだ)

自分の知らないところでサヴァンとセオが交わした約束に、クワンは苛立ちました。

「おまえは王子だ。いずれ王になる」

そんなこと知るか、とクワンは思いました。クワンはセオのように真っ直ぐな未来を見る気にはなれませんでした。宴の席で抱いた幻想は、いつもクワンの心の底に根を張って離れず、覚めれば落胆することを繰り返す夢でした。

ぽん、ぽんと、はじけるような音がしました。晴れ渡った空に正午の花火が上がり、王宮の外からは人々の大きな歓声が聞こえます。

「江南王国万歳！」

「江南王ばんざーい！」

クワンは空を見上げました。天は遠く、人々の心はもっと遠く、澄み渡った青い空に浮かぶ五色の煙は、天女の羽衣のように淡く風に消えてゆきました。

完

そして『天山の巫女ソニン（一）黄金の燕』へと続く

本書は二〇一三年二月に小社より単行本として刊行されました。

|著者| 菅野雪虫　福島県南相馬市生まれ。2005年「ソニンと燕になった王子」で第46回講談社児童文学新人賞を受賞し、加筆改題した『天山の巫女ソニン1　黄金の燕』でデビュー。同作で第40回日本児童文学者協会新人賞を受賞。著作に『アトリと五人の王』(中央公論新社)、『星天の兄弟』(東京創元社)、『チポロ』『ヤイレスーホ』『ランペシカ』(すべて講談社) がある。ペンネームは子どものころから好きだった、雪を呼ぶといわれる初冬に飛ぶ虫の名からつけた。

天山《てんざん》の巫女《みこ》ソニン　江南外伝《カンナムがいでん》　海竜《かいりゅう》の子《こ》

菅《すが》野《の》雪虫《ゆきむし》

講談社文庫
定価はカバーに
表示してあります

2022年11月15日第1刷発行

発行者——鈴木章一
発行所——株式会社　講談社
東京都文京区音羽2-12-21　〒112-8001
電話　出版 (03) 5395-3510
販売 (03) 5395-5817
業務 (03) 5395-3615

Printed in Japan

KODANSHA

デザイン—菊地信義
本文データ制作—講談社デジタル製作
印刷———株式会社KPSプロダクツ
製本———株式会社国宝社

ISBN978-4-06-529890-9

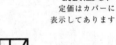

講談社文庫刊行の辞

二十一世紀の到来を目睫に望みながら、われわれはいま、人類史上かつて例を見ない巨大な転換期をむかえようとしている。

世界も、日本も、激動の予兆に対する期待とおののきを内に蔵して、未知の時代に歩み入ろうとしている。このときにあたり、創業の人野間清治の「ナショナル・エデュケイター」への志を現代に甦らせようと意図して、われわれはここに古今の文芸作品はいうまでもなく、ひろく人文・社会・自然の諸科学から東西の名著を網羅する、新しい綜合文庫の発刊を決意した。

激動の転換期はまた断絶の時代である。われわれは戦後二十五年間の出版文化のありかたへの深い反省をこめて、この断絶の時代にあえて人間的な持続を求めようとする。いたずらに浮薄な商業主義のあだ花を追い求めることなく、長期にわたって良書に生命をあたえようとつとめるところにしか、今後の出版文化の真の繁栄はあり得ないと信じるからである。

同時にわれわれはこの綜合文庫の刊行を通じて、人文・社会・自然の諸科学が、結局人間の学にほかならないことを立証しようと願っている。かつて知識とは、「汝自身を知る」ことにつきていた。現代社会の瑣末な情報の氾濫のなかから、力強い知識の源泉を掘り起し、技術文明のただなかに、生きた人間の姿を復活させること。それこそわれわれの切なる希求である。

われわれは権威に盲従せず、俗流に媚びることなく、渾然一体となって日本の「草の根」をかたちづくる若く新しい世代の人々に、心をこめてこの新しい綜合文庫をおくり届けたい。それは知識の泉であるとともに感受性のふるさとであり、もっとも有機的に組織され、社会に開かれた万人のための大学をめざしている。大方の支援と協力を衷心より切望してやまない。

一九七一年七月

野間省一

講談社文庫 最新刊

池井戸 潤　ノーサイド・ゲーム

エリート社員が左遷先で任されたのは名門ラグビー部再建。ピンチをチャンスに変える！

西尾維新　悲痛伝

地球撲滅軍の英雄・空々空《そらからくう》は、全住民が失踪した四国へ向かう。〈伝説シリーズ〉第二巻！

真梨幸子　三匹の子豚

聞いたこともない叔母の出現を境に絶頂だった人生が暗転する。真梨節イヤミスの真骨頂！

酒井順子　ガラスの50代

『負け犬の遠吠え』の著者が綴《つづ》る、令和の50代。共感必至の大人気エッセイ、文庫化！

泉ゆたか　玉《たま》の輿《こし》猫
〈お江戸けもの医 毛玉堂〉

夫婦で営む動物専門の養生所「毛玉堂」が、動物と飼い主の心を救う。人気シリーズ第二弾！

中村敦夫　狙われた羊

洗脳、過酷な献金、政治との癒着。家族を壊すカルトの実態を描いた小説を緊急文庫化！

夏原エヰジ　Cocoon《コクーン》
〈京都・不死篇3—愁《しゅう》—〉

京を舞台に友を失った元花魁《おいらん》剣士たちの壮絶な闘いが始まる。人気シリーズ新章第三弾！

三國青葉　福猫屋
〈お佐和のねこだすけ〉

お佐和が考えた猫ショップがついに開店？江戸のペット事情を描く書下ろし時代小説！

講談社文庫　目録

小路幸也　高く遠く空へ歌ううた
小路幸也　空へ向かう花
小路幸也 原案 山田洋次 平松恵美子　家族はつらいよ
小路幸也 原作・脚本 山田洋次 脚本 平松恵美子　家族はつらいよ2
島田律子　私はもう逃げない〈自閉症の弟から教えられたこと〉
辛酸なめ子　女　修　行
柴崎友香　ドリーマーズ
柴崎友香　パ　ノ　ラ　ラ
翔田　寛　誘　拐　児
白石一文　この胸に深々と突き刺さる矢を抜け (上)(下)
小説現代編 石田衣良他著　10分間の官能小説集
小説現代編 勝目　梓他著　10分間の官能小説集2
小説現代編 乾くるみ他著　10分間の官能小説集3
柴村　仁　プシュケの涙
塩田武士　盤上のアルファ
塩田武士　盤　上　に　散　る
塩田武士　女神のタクト
塩田武士　ともにがんばりましょう
塩田武士　罪　の　声
塩田武士　氷　の　仮　面
塩田武士　歪んだ波紋
芝村凉也　孤《こ》闘《とう》の寂《せき》〈素浪人半四郎百鬼夜行(六)〉
芝村凉也　追憶の翰《かん》〈素浪人半四郎百鬼夜行(拾遺)〉
真藤順丈　畦　と　銃
真藤順丈　宝　島 (上)(下)
柴崎竜人　三軒茶屋星座館1〈冬のオリオン〉
柴崎竜人　三軒茶屋星座館2〈夏のキグナス〉
柴崎竜人　三軒茶屋星座館3〈春のカリスト〉
柴崎竜人　三軒茶屋星座館4〈秋のアンドロメダ〉
周木　律　眼球堂の殺人〈～The Book～〉
周木　律　双孔堂の殺人〈～Double Torus～〉
周木　律　五覚堂の殺人〈～Burning Ship～〉
周木　律　伽藍堂の殺人〈～Banach-Tarski Paradox～〉
周木　律　教会堂の殺人〈～Game Theory～〉
周木　律　鏡面堂の殺人〈～Theory of Relativity～〉
周木　律　大聖堂の殺人〈～The Books～〉
下村敦史　闇に香る嘘
下村敦史　生　還　者
下村敦史　叛《はん》徒《と》
下村敦史　失　踪　者
下村敦史　緑　の　窓　口〈樹木トラブル解決します〉
九　把　刀 阿井幸作／泉　京鹿 訳　あの頃、君を追いかけた
神護かずみ　ノワールをまとう女
四戸俊成 芹沢政信　神在月のこども
篠原悠希　霊　獣　紀〈獲麟《かくりん》の書(上)〉
篠原悠希　霊　獣　紀〈獲麟《かくりん》の書(下)〉
篠原美季　古　都　妖　異　譚〈玉手箱～シール オブ ザ ゴッデス～〉
潮谷　験　ス　イ　ッ　チ〈悪意の実験〉
杉本苑子　孤愁の岸 (上)(下)
鈴木光司　神々のプロムナード
鈴木英治　大江戸監察医
杉本章子　お狂言師歌吉うきよ暦
杉本章子　大奥二人道成寺〈お狂言師歌吉うきよ暦〉
諏訪哲史　アサッテの人
菅野雪虫　天山の巫《み》女《こ》ソニン(1) 黄金の燕
菅野雪虫　天山の巫《み》女《こ》ソニン(2) 海の孔雀
菅野雪虫　天山の巫《み》女《こ》ソニン(3) 朱鳥《あけがらす》の星

2022年9月15日現在